Raúl Argemí

Chamäleon Cacho

metro

Raúl Argemí
Chamäleon Cacho

Aus dem Spanischen von Susanna Mende

Unionsverlag

metro – Spannungsliteratur im Unionsverlag,
begründet von Thomas Wörtche

Die Originalausgabe erschien 2004 unter dem Titel
Penúltimo nombre de guerra bei Algaida Editores, Sevilla.
Deutsche Erstausgabe

Die Übersetzung aus dem Spanischen wurde unterstützt
durch die Gesellschaft zur Förderung der Literatur aus
Afrika, Asien und Lateinamerika e.V. in Zusammenarbeit
mit der Schweizer Kulturstiftung PRO HELVETIA.

Im Internet
Aktuelle Informationen,
Dokumente, Materialien
www.unionsverlag.com

Rieterstrasse 18, CH-8027 Zürich
Telefon 0041-44-283 20 00, Fax 0041-44-283 20 01
mail@unionsverlag.ch

Umschlaggestaltung: Andreas Gähwiler
Umschlagbild: Rich Vintage
Druck und Bindung: Freiburger Graphische Betriebe
ISBN 978-3-293-00387-3

Es kam immer der Augenblick, in dem wir uns klar bewusst wurden, dass keine Züge ankamen. (...) Damit traten wir wieder in die Reihe der Gefangenen zurück, wir waren einzig auf die Vergangenheit angewiesen, und wenn auch einige unter uns versucht waren, in der Zukunft zu leben, so verzichteten sie doch schnell darauf, wenigstens so gut sie konnten, als sie die Wunden spürten, die die Einbildung schließlich denen zufügt, die sich ihr anvertrauen.

Albert Camus, *Die Pest*

1

Jeder, der schon einmal in einem Krankenhausbett erwacht ist, ohne zu wissen, wie er dorthin gekommen ist, wird verstehen, wie ich mich fühlte. Jeder, der schon einmal die Augen in diesem betäubten Zustand aufgeschlagen hat, mit dem Schmerzmittel jedes Empfinden auslöschen, weiß, wovon ich spreche.

So erwachte ich; ohne Körpergefühl und mit einem dumpfen Bewusstsein, das über dem reglosen Körper schwebte, ohne sich zur Landung durchringen zu können. Dazu die Geräusche eines gedämpften Streits in den Ohren und das vage Gefühl, einen Blitz gesehen zu haben.

Ein Adrenalinstoß und eine sanfte Panik halfen mir, den Blick scharf zu stellen und den Fotografen zu sehen, der von einer Krankenschwester aus dem Zimmer geschubst wurde.

»Journalisten …«, dachte ich und musste die Augen wieder schließen, weil sich das Zimmer zu drehen begann.

Auf einmal sah ich ihn, als hätte ich ihn direkt vor mir. Lustlos stocherte er in den Lammrippchen auf seinem Teller und schnitt kleine Stücke ab, die er so lange in einzelne Fleischfasern zerteilte, bis ihm wieder einzufallen schien, warum wir dort saßen, dann schluckte er sie, ohne zu kauen, hinunter. Es hatte etwas Zwanghaftes. Die Worte flogen wie Tischtennisbälle hin und her.

»Das Leben eines Journalisten bedeutet, Scheiße anzuhäufen, bis man daran erstickt. Und als Dank dafür gibts einen Tritt in den Hintern …«

Sie bestellten zwei große Bier, nachdem sie angehalten hatten, um etwas zu essen. Einer der beiden kehrte gleich wieder zum Wagen unter den Scheinbuchen zurück, um eine halb volle Flasche Whisky zu holen.

Wir waren nicht gerade zimperlich, als wir das Bier mit dem Zeug streckten, er aus seinen Gründen, ich aus meinen. Es war ein langer ermüdender Tag gewesen.

»Es war ein langer Tag. Sehr lang und ermüdend …«

»Wem sagst du das …«

»Irgendwie muss man sich ja entspannen.«

Ein Gespräch kam auf und versiegte wieder im Rhythmus, in dem das Whisky-Bier in den Kehlen verschwand. Der eine redete mit der Routine eines Betrunkenen, der an Monologe gewöhnt ist, und schien den Verlauf seines Schicksals korrigieren zu wollen, indem er mit der Gabel Kurven in die Luft malte. Ich hörte zu. Wir brauchten uns nun mal gegenseitig.

»Das Leben ist eine große Scheiße, Kumpel.«

Er sagte es mit einer solchen Überzeugung, dass ich in der Erwartung, ihn einen Revolver ziehen und sich mit einer Kugel den Kopf wegpusten zu sehen, den Blick hob; doch er verharrte einen Moment lang, den Zeigefinger zum Himmel gerichtet.

Ich meinte, diese Geste zu kennen, sie an mir selbst schon so oft gesehen zu haben.

»Das Leben ist ein Irrtum, Kumpel …«

»Zur Hölle mit uns. Am besten fährt der, der nüchterner ist.«

»Massenhaft Scheiße anzuhäufen, bis du einen Tritt in den Hintern bekommst … es ist überall dasselbe«, sagte einer von uns, wenn es überhaupt jemand sagte; denn ich erinnere mich nur daran, wie ich mit dem Finger zur Decke zeige, einen Fleischfetzen auf der Gabel.

»Journalisten … du liebe Güte«, zischte eine wütende Frauenstimme; es war eine dunkle indianische Stimme, und langsam kam ich zu mir.

Journalisten, dachte ich, und mit dem ersten ruhigen Atemzug kehrte ich in meinen Körper zurück. Da war etwas Vertrautes, und angestrengt versuchte ich, mir darüber klar zu werden, was von mir übrig geblieben war.

Ich bin ebenfalls Journalist. Ich sträube mich zu sagen, dass ich einer war; das wäre, als würde man den anderen recht geben. Jahrelang hatte man um Anerkennung gerungen. Und wozu? Um selbst Gegenstand der Mitteilung eines Provinzblättchens zu werden.

Ein Tourist, wahrscheinlich alkoholisiert, verliert auf glatter Fahrbahn die Kontrolle über sein Fahrzeug und stürzt in die Bajada de los Mallines – oder wie die grauenhafte Leere hieß, in die wir fielen. Eine fremde Umgebung, die dunkle Nacht et cetera … Das Übliche.

Wir stürzten hinab, tiefer und tiefer …

Der bittere Geschmack von aufsteigender Galle drang in meinen Mund. Ich saß ganz schön in der Tinte. Es würde mich meine letzten Pesos kosten. Denn plötzlich war mir wieder eingefallen, dass da noch ein anderer gewesen war; der Typ, den ich mitgenommen hatte.

Im anderen Bett lag ein Patient. War er das vielleicht? Mit größter Anstrengung drehte ich meinen Kopf und sah zu ihm hinüber. Der Ärmste schien eine Art frisch einbalsamierte Mumie zu sein, den Körper in Verbände und Pflaster gehüllt. Das alles sagte mir, dass er schlechter dran sein musste als ich.

Eine Blutprobe? Hatten sie womöglich eine Blutprobe genommen? Bestimmt, dann war ich erst recht beschissen dran.

Ein paar Minuten erfüllte mich heftiges Selbstmitleid, und todessehnsüchtig sank ich in einen Dämmerschlaf.

Um mich wieder zu fangen, versuchte ich, mir eine Vorstellung von dem Ort zu machen, an dem ich mich befand; dem Anschein nach handelte es sich um irgendein öffentliches Krankenhaus in einer Provinzstadt, vielleicht in der Nähe des Unfallorts. Im Krankenzimmer standen zwei Betten; in einer richtigen Stadt war damit kein großer Staat zu machen.

»Na gut«, sagte ich mir, um festzustellen, ob ich überhaupt noch eine Stimme hatte. »Du bist am Arsch der Welt.«

Nach und nach sollte sich meine Vermutung bestätigen. Das Krankenhaus stand einem Reservat von Mapuche-Indianern zur Verfügung, eingepfercht zwischen einem See und dem Andengebirge.

Es befand sich in der Nähe der Bajada de los Mallines, dem Unfallort. Ich erfuhr außerdem, dass man uns, wenn wir irgendwie wichtig gewesen wären, im Hubschrauber nach Bariloche oder Neuquén gebracht hätte. Ich war unwichtig; es brachte mir nichts, mich daran zu erinnern, doch wenn ich es richtig einschätze, schadete es mir auch nicht. Man erlangt eine gewisse Gelassenheit, wenn man akzeptiert, dass man überflüssig ist im System; etwa so wie ein benutztes Gummi.

Man hatte mir das Bett direkt neben der Tür gegeben, und Stimmen, die manchmal klar zu verstehen waren, drangen von draußen herein. Ich stellte mir vor, dass der Fotograf und der Schreiberling, der das Duo vervollständigte, Druck machten, damit man sie hereinließ. Doch ich täuschte mich.

Eine Dicke mit Indianergesicht trat zu mir, um zu sehen, ob ich wach war, und versperrte einem Brünetten von der Provinzpolizei mit tumbem Gesichtsausdruck den Weg.

»Können Sie sprechen?«

Er hielt einen Notizblock in der Hand, und sofort war mir klar, dass er lieber weiter auf dem Revier Mate getrunken hätte.

»Ja, ein wenig«, krächzte ich.

»Gut …«, sagte er und räusperte sich. »Name?«

»Carraspique. Carraspique, Manuel …«

»Baske«, stellte er fest, als hätte er den gordischen Knoten durchschlagen.

»…«

»Haben Sie den Wagen gefahren?«

»Ja …«

»Aha … Beruf?«

»Journalist.«

»Aha.«

Ich sah, wie er seine instinktive Abneigung zu verbergen versuchte, während sein Füller eifrig mehr mitzuschreiben schien, als meine Geschichte hergab. Ein Polizist in der Stadt lässt sich seinen Widerwillen nie anmerken; er ist geschickter.

Als er mir die nächste Frage stellte, wusste ich, dass etwas nicht stimmte. Leichte Übelkeit befiel mich, als ich feststellen musste, dass ich mich nicht erinnern konnte, wo ich wohnte. Das Einzige, was ich sicher wusste, war, dass ich unterwegs gewesen war, um ein paar Freunde zu besuchen und vielleicht einen Auftrag zu ergattern. Ansonsten gab es niemanden; keine Familie, nichts.

Die Übelkeit sah man mir wohl an, denn der Polizist klingelte sogleich nach der Schwester, und die Dicke kam angerannt. Sofort übernahm sie das Kommando. Sie befahl dem Polizisten zu gehen, kontrollierte dann die Infusion, die Laken, meine Augen und andere, wie ich annahm, ebenfalls aussagekräftige Details. Der Polizist hatte sich zur Tür zurückgezogen, wollte aber nicht gehen.

»Dieser Mann, ist er sehr krank?«, fragte ich flüsternd und versuchte, der Dicken zu verstehen zu geben, dass ich meinen Zimmernachbarn meinte.

»Ja, sehr«, gestand die Dicke ein, und hinter ihrem furchtlosen Indianerinnengesicht schien ein Gefühl aufzuflackern. »Und jetzt seien Sie still, Sie sollen nicht sprechen.«

»Ich will es wissen. Ich … bin verantwortlich.«

»Sie?«

Die Dicke sah mich prüfend an und sprach in diesem berufsmäßigen Tonfall, der einen Kranken angeblich beruhigen soll.

»Ich glaube, Sie täuschen sich. Der Beifahrer des Unfallwagens ist nicht hier …«

»Er ist tot«, sagte der Polizist. »Sie haben ihn im Gepäckwagen des Zugs direkt nach Neuquén gebracht.«

»Was bist du nur für ein Grobian! Verschwinde, hörst du? Oder ich reiß dir ein Ohr ab. Siehst du nicht, dass der Mann einen Schock hat? Raus hier, du Dummkopf.«

Einen Moment lang fühlte ich mich, als befände ich mich außerhalb meines Körpers, fern vom Schweiß, in dem ich

gebadet war, von den Worten der Dicken, die mich
musterte. Doch ich fing mich wieder. Eine plötzli
geboren aus einem vergessenen Groll, brachte mich in die Wirklichkeit zurück.

»Deshalb der Fotograf …«

»Der Fotograf? Nein … Der war nicht wegen Ihnen hier. Die von der Zeitung kommen wegen Márquez«, sagte sie mit einem Nicken zum anderen Bett.

Dann ging sie und ließ mich allein, damit ich gedanklich Ordnung in meine verfahrene Lage bringen und mir klarmachen konnte, ob ich einen Grund hatte, erleichtert aufzuatmen; ein Toter kann in mehrfacher Hinsicht von Vorteil sein.

Wie würde ein Richter diese Situation beurteilen? Ich dachte darüber nach.

Ich hatte den Mann bei Einbruch der Dunkelheit mitgenommen, wenige Kilometer bevor ich anhielt, um in einem Lokal ein Churrasco zu essen.

Er hieß Ernesto. Ernesto Soundso … An den Nachnamen kann ich mich nicht erinnern. Ich trank viel und aß kaum etwas. Und wir redeten; na gut, ich redete. Mir ging es nicht gut, ich war fast zweitausend Kilometer durchgefahren, voller Wut, Depressionen und Whisky. Das kann jedem passieren. Ja, wir waren … vielleicht eine Stunde in dem Lokal? Möglicherweise, Euer Ehren. Ich erinnere mich, dass es dunkel war, als wir den Laden verließen.

Der Schmerz bohrte sich in mein Hirn, ließ dann aber nach. Es war wie eine Warnung. Ich hatte falsch gelegen, denn der andere war tot.

Ich musste die Geschichte anders aufziehen. Ich könnte sagen, dass ich müde gewesen sei und ihn ans Steuer gelassen hätte; dass er gefahren und die Straße, von der wir abgestürzt waren, in ziemlich schlechtem Zustand gewesen sei. Der Polizist hatte sich zwar Notizen gemacht, aber ich konnte es noch immer leugnen.

Eine vage Erinnerung an ein paar einzelne Gestalten versetzte mich in den Moment zurück, in dem die Notärzte im Dunkeln herumgestolpert waren und mich mehrere Meter vom Wagen entfernt aus ein paar Büschen geborgen hatten.

Es war beschlossene Sache: Ich hatte nicht am Steuer gesessen, und der Tote konnte es nicht bestreiten.

Bis ich etwas mehr über den Unfall in Erfahrung gebracht hätte, müsste ich jede Aussage vermeiden und so wenig wie möglich preisgeben. Außerdem fühlte ich mich müde. Wahnsinnig müde.

Ich glaube, ich schlief eine Weile.

Ich wachte wegen der Schwester auf. Es war eine andere, ebenfalls eine Indianerin und genauso dick und unerschütterlich. Sie injizierte etwas in den Infusionsbeutel, der neben meinem Arm hing. Die erste Dicke wechselte dem anderen Patienten unter der Anleitung eines jungen Arztes die Wundverbände.

»Der Herr ist wach, Doktor«, teilte der Zwilling der Dicken mit.

»Ich komme.«

Wärme wie von einem guten Wein durchströmte meinen Körper und vertrieb die Angst, die mir die Brust einschnürte. Es machte mir kaum noch etwas aus, dass sich meine Arme und Beine anfühlten, als wären sie aus Blei. Tot, aber lebendig.

»Wie fühlen Sie sich?«

Der Arzt an meinem Bett kontrollierte meinen Puls. Bevor ich ihm antwortete, sah ich ihn durch meine geschwollenen und wahrscheinlich violetten Lider hindurch an und konnte ihm seinen Lebenslauf am Gesicht ablesen. Er hatte kürzlich erst seine Zulassung erhalten, und weil es ihm entweder an Kontakten mangelte oder er voller Idealismus war, um seine ehrgeizigen Pläne umzusetzen, befand er sich hier am Ende der Welt, um Erfahrungen zu sammeln oder sich Meriten zu verdienen. Mit ihm würde es keine Probleme geben.

»Können Sie sprechen?«, erkundigte er sich behutsam.

Ich zwinkerte langsam und stammelte etwas, das ungefähr so lebendig klang wie das Röcheln eines Sterbenden.

»Das kommt vom Schreck, Doktor«, sagte die erste Dicke, die über seine Schulter blickte, »diese Polizeibeamten sind ganz schön ungehobelt; vor Kurzem war einer hier, um ihn zu befragen, und er hat irgendwie die Beherrschung verloren.«

»Na schön, er soll sich ausruhen.«

Gut, sehr gut ... Als sie gingen und die Tür halb offen ließen, um mich im Auge zu behalten, wusste ich, dass ich auf dem richtigen Weg war. Mit dem Doktor würde ich leichtes Spiel haben.

Ich versuchte zu schlafen, aber ich konnte nicht. Eine Bemerkung der Dicken hatte in meinem Kopf einen Alarm ausgelöst.

Der nette Doktor hatte gefragt, ob sie Márquez, meinen Zimmernachbarn, kenne. Und als die Indianerin antwortete, begriff ich plötzlich, dass etwas Wichtiges im Gange war.

War ich nun Journalist oder nicht? Das war eine Exklusivgeschichte, direkt vor meiner Nase, und die konnte ich mir nicht entgehen lassen. Was dieser Mann da gemacht hatte, diese Geschichte mit den Toten durch Exorzismus, würde mich aus meiner Verbannung befreien; und die ganzen Idioten würden erfahren, dass Manuel Carraspique noch immer der Beste war … sofern er Lust dazu hatte.

Es stimmte, dass der Bericht der Krankenschwester zahlreiche Lücken aufwies. Zum einen, weil sie über etwas sprach, über das ich nicht im Bilde war, und zum andern, weil es keine Garantie für Objektivität gab, wenn ein schlimmeres Gift als Blut durch die Adern fließt und man durch eine halb offen stehende Tür lauschen musste. Eines bekam ich jedenfalls mit: Der Mann im anderen Bett, das Brandopfer, das Márquez genannt wurde, hatte auf einer Farm von Mapuche ein Massaker angerichtet. Er hatte mehrere Personen umgebracht, um ihnen den Teufel auszutreiben, und sich dann am Fuße eines heiligen Baumes selbst in Brand gesteckt. So ähnlich jedenfalls.

Ein Handlungsreisender hatte die Tragödie zufällig entdeckt, und noch immer suchte man nach den restlichen Familienmitgliedern. Man ging davon aus, dass sie mit einem Fahrzeug die Flucht ergriffen hatten.

Gott, der Alkohol und die verdammte Bajada de los Mallines hatten mich in diese privilegierte Situation neben dem Bett eines geheimnisvollen Mörders gebracht. Ich stellte mir bereits die Überschrift vor: *Das Schwert Gottes – ein Mapuche.*

Das Adrenalin, das durch die Aufregung ausgeschüttet wurde, linderte meine Schmerzen, und ich fühlte mich siegessicher, jung und schön. Ich bekam sogar Lust, diesen reglos in seinen Wundverbänden daliegenden Körper zu umarmen, ihn Bruder zu nennen und ihn auf ein paar Gläser Wein einzuladen und mit ihm auf die siegreiche Wiederkehr anzustoßen; und zwar meine.

Ich versuchte, meiner Unruhe Herr zu werden und mir einen Plan zurechtzulegen. Erstens: Ich musste an ihm dranbleiben, bis ich die ganze Geschichte ans Licht gebracht hätte. Zweitens: Ich durfte nicht zulassen, dass man mich verlegte. Dafür würde der nette Doktor in meiner Mannschaft zuständig sein: Journalisten und Polizisten würden nur über seine Leiche an einen Patienten herankommen.

Und dann war da noch die Zeitfrage. Denn es ging mir nicht gut. Ich wusste nicht und konnte auch nicht rekonstruieren, wie viele Stunden oder Tage bereits vergangen waren, seit ich in diesem Bett durch das Blitzlicht des Fotografen wieder erwacht war. Und dann diese Nebensächlichkeit, an die ich gar nicht denken wollte: Meine Arme und Beine schliefen den Schlaf des Gerechten, ohne sich einen Dreck um meine Bedürfnisse zu scheren. Und verdammt noch mal, wie mir das Gesicht wehtat.

Aber wie heißt es doch gleich: Mach das Beste daraus. Dafür ist man schließlich Überlebender.

Zum einen beschloss ich, so viel wie möglich im Gedächtnis zu behalten, bis ich mithilfe der Ärzte einen Bleistift führen konnte. Zum anderen würde ich mit Márquez reden; ich würde ihn wie eine Zitrone auspressen. Ein Mann, der im Sterben lag, vollgepumpt mit Medikamenten, kann sich nicht schützen und beantwortet bestimmt jede Frage wie unter einem Wahrheitsserum. Das bringt fast immer ein Ergebnis. Es ging darum, die ungesicherte Tür zu finden und sie aufzudrücken, ohne den Alarm auszulösen.

Gegen meinen Willen schlief ich ein. Wieder träumte ich von dem winzigen Stück Fleisch auf der Gabelspitze und der Geschichte eines Scheiterns, die am Grund einer Schlucht, in die wir mit leerem Magen stürzten, enden sollte. Genau so, wie wenn während eines Flugs die Tür aufgeht und das Nichts dich ruft, um dich zu verschlingen.

Zwei

Es klappte. Márquez – ich weiß jetzt, dass der andere Prudencio Márquez heißt – ließ sich wie ein Lamm von meinen Fragen leiten. Trotzdem musste ich meinen Grips anstrengen, um Einzelheiten zu rekonstruieren, die in seinem Gestammel untergingen. Aber wenn es nicht so klingen würde, als lobte ich mich dafür selbst, müsste ich sagen, dass mir ein Interview noch nie so leicht gefallen ist.

Bevor ich in einen tiefen Schlaf fiel, den ich der Spritze einer der beiden Indianerinnen zu verdanken hatte und der Anstrengung, mir alles, was ich erfuhr, einprägen zu müssen, fühlte ich mich gut; sehr gut sogar. So gut, dass ich keinen Zweifel aufkommen ließ, der meine gute Laune beeinträchtigte.

Welcher Zweifel? Der unvermeidliche, der das Kartenhaus zum Einsturz gebracht hätte; der besagte, dass ich genauso lädiert war wie dieser Kazike oder was er war, der seine Leute getötet hatte, damit Gottes Gnade ihnen zuteilwürde.

Doch eines weiß ich ganz genau: Niemand kann einer guten Story widerstehen, auch wenn sie nicht wahr ist. Deshalb ließ ich sie in den Wachphasen immer wieder Revue passieren, um sie mir so fest einzuprägen, wie man einen Nagel in die Wand schlägt.

Prudencio Márquez blieb vor dem Araukarienbaum stehen und räumte die Steine beiseite, die zwischen den Wurzeln lagen. Die Flaschen waren noch an ihrem Platz und füllten den Zwischenraum. Die Korken waren ebenfalls noch da, wo sie hingehörten, und warteten. Jeden Monat hatte er eine volle Flasche unter dem Baum deponiert. Jeden Monat hatte er sein Versprechen erneuert, nicht zu trinken.

Prudencio Márquez richtete sich auf und trat einen Schritt zurück, dann noch einen, wie um sich zu vergewissern, dass er Abstand nehmen und sich beherrschen konnte. Die Flaschen waren an ihrem Platz, und er wartete auf ein Zeichen, während er den Durst ertrug, den der Erlöser ihm zu bezähmen befohlen hatte.

Vielleicht, dachte er, ging es im Leben ja darum, warten zu können, und alles war nur eine Frage der Geduld.

Also wartete er.

Er wartete unter den herabhängenden Ästen der Araukarie, durch die das Licht der Mittagssonne auf sein Gesicht fiel. Schläfrig vom Wind, der vom Bergland von Quebrada Luán herüberwehte, ließ er seine Gedanken schweifen, und die vereinzelten Geräusche der Ziegen zwischen den Büschen durchschnitten die Leere.

Das Motorengeräusch eines Wagens schwoll an, während er über die Anhöhen brauste. Touristen, die vom See kamen und die Straße entlangfuhren, ohne links und rechts zu schauen. Obwohl, manchmal taten sie es doch. Wenn die Typen vom Berg ihre Ponchos, Läufer und die von den Mapuche-Frauen gewebten Decken feilboten, blieben sie manchmal stehen, um etwas zu kaufen. Sie hielten ihre Fahrzeuge an, und die Halsabschneider machten gutes Geld mit den Webwaren, für die sie selbst nur einen Hungerlohn bezahlten.

Márquez und seine Leute brachten ihnen schon seit geraumer Zeit keine Ware mehr. Seit sie sich gestritten hatten; das war vor drei Jahren gewesen, wie er sich genau erinnerte. Diese Händler machten den Reibach und wurden immer wohlhabender, während sie nicht einmal Geld für Zucker hatten.

Der Priester, der aus Neuquén gekommen war, um sie das Evangelium zu lehren, wollte, dass sie ein eigenes Geschäft gründeten und ihre Sachen selbst in der Stadt verkauften.

Er erklärte sich bereit, den Stapel Läufer und Decken mitzunehmen, die sie den Winter über gewebt hatten. Danach ließ er sich in Quebrada Luán nicht mehr blicken. Bestimmt war ihm etwas zugestoßen; denn der Priester war ein seriöser Mensch, und in der Stadt war die Ware eine Menge Geld wert.

Zum Glück hatte er ihm die Bibel und das Evangelium dagelassen. Ihm, Prudencio Márquez.

Bevor er gegangen war, hatte er sie im Fluss getauft; bis zu den Knien hatten sie in der Strömung gestanden. Er erinnerte sich daran, als sei es gestern gewesen. Es hatte sogar Gelächter gegeben, respektvoll natürlich, weil der Priester im eisigen Wasser geschlottert hatte, während sie nicht einmal mit der Wimper gezuckt hatten.

Dieses Jahr führte der Fluss wieder wenig Wasser. Es war ein schneearmer Winter gewesen und ein Frühjahr mit wenig Weidegras und vielen toten Lämmern. Noch eines.

Prudencio Márquez nahm seinen Hut ab und ließ sich den Wind über den Kopf streichen. Die Ziegen wollten zurück zum Fluss, der sich zwischen der Anhöhe und den Häusern hindurchschlängelte. Er pfiff, und die Hunde kreisten sie ein.

Trotz des spärlichen Schattens, den die Araukarie warf, brannte die Sonne heiß, und er setzte sich den Hut wieder auf. Der Wagen hatte die Händler bereits hinter sich gelassen und zog eine Staubwolke hinter sich her. Es war ein bunt bemaltes Fahrzeug mit einem Wohnwagenanhänger.

»La Plata« stand auf der Seite des Wohnwagens. Das war eine große Stadt in der Region Buenos Aires, erinnerte sich Prudencio Márquez.

Er sei sehr stolz, zu sehr für einen armen Mann, pflegte seine Frau Luisa zu sagen, aber das Wichtigste war, lesen zu können. Die paar Jahre, die er zur Schule gegangen war, hatten ihm einiges gebracht. Sie hatten etwas über Geschichte gelernt, auch über die verschiedenen Regionen des Landes und über Jahreszahlen. Vielleicht hatte der Priester ihn deshalb auserwählt.

Falsch. Gott hatte ihn auserwählt. Weil er das Wort Gottes lesen und die Wahrheit verkünden konnte. Der Priester war nur sein Werkzeug gewesen.

Weil er lesen konnte und weil er sein Versprechen gehalten und zu trinken aufgehört hatte. Er hing nicht mehr an der Flasche. Auch wenn sich ihm der Magen vor Durst zusammenkrampfte und ihn die Araukarie mit den Flaschen in Versuchung führte. Der Priester von Neuquén hatte ihm das Wort Gottes gegeben; er hatte ihm die Bibel dagelassen und ihn Bruder genannt, ohne auf seine dunkle Hautfarbe oder seine indianische Herkunft zu achten.

Das Leben war härter geworden. Die Márquez waren keine große Sippe, aber sehr der Sünde zugeneigt. Und sie auf den rechten Weg zurückzuführen, ohne sich dabei ein paar Gläser Wein zu gönnen oder sich im Rausch dem Vergessen hinzugeben, schmerzte.

»Höllisch sogar …«, murmelte Prudencio Márquez und rieb sich tief seufzend den Bauch.

Ein Gebet zum Schutz gegen die Versuchungen des Teufels kam ihm über die Lippen, und ohne weiter auf den Fluch zu achten, begab er sich unter den doppelten Schutz des Herrn und der Araukarie.

Schade, dass der Priester aus Neuquén nicht mehr kam, seit drei Sommern musste er sich darauf verlassen, dass Gott zu ihm herabsteigen würde, wenn er dessen Wort las, damit er es ihm erkläre. Und nicht nur, was da stand, dafür genügte ihm, was er in der Schule gelernt hatte, sondern um zu erfahren, was es bedeutete, was die Botschaft war. Das war die eigentliche Schwierigkeit.

Doch er hatte Vertrauen. Und seine Leute hatten ebenfalls gelernt zu vertrauen. Auch wenn sie ihren Grund und Boden oben am Hang verloren hatten, weil sie keine Besitzurkunde vorweisen konnten; man hatte einen Drahtzaun aufgestellt. Auch wenn andere Priester und der Pfarrer, der sie hin und wieder besuchte, sagten, dass ihre Sünde der Stolz sei. Auch wenn die Mormonen von der Mission das Blaue vom Himmel versprachen.

Sie konnten ihnen ein Dach überm Kopf geben, sogar Essen und Geld, aber der Herr hatte Prudencio Márquez erleuchtet; und Prudencio Márquez war kein Niemand.

Mit seinen rauen Händen drehte sich der Mann eine Zigarette und vertraute sich dem Baum an, der ihm mit wiegenden Zweigen lauschte.

Es stimmte, dass ein paar Abtrünnige die Sippe der Márquez verlassen hatten. Sie waren diesen verräterischen Gringos gefolgt, die wollten, dass sie in ihrer eigenen Sprache sprachen und in die Zeiten der Urgroßeltern zurückfielen; wo er doch wusste, dass sie die Sprache ein für alle Mal vergessen mussten, um endlich so zu sprechen, dass man sie verstand; so wie die Weißen.

Sie waren den Gringos gefolgt, aber das änderte rein gar nichts. Es säte nur Zweifel unter den Leuten, die nicht länger warten, den Hunger und ein Leben ohne jede Anerkennung nicht mehr ertragen konnten.

Prudencio Márquez beugte sich nach vorn über die Flaschen, und mit ein paar großen Steinen deckte er den Hohlraum zwischen den Wurzeln wieder zu. Dann richtete er sich auf, und seine Augen glitten den hohen Stamm der Araukarie entlang, und er lächelte herausfordernd zu den Ästen hinauf. In den längst vergangenen Zeiten der Großeltern glaubten die Mapuche noch an falsche Götter und heilige Bäume, und sie beteten in einer Sprache, die niemand verstand und die sie dort hingebracht hatte, wo sie jetzt waren: Man nahm ihnen Grund und Boden weg, und ein paar verlogene Gringos versuchten, sie dazu zu bringen, wieder die Sprache der Armen zu sprechen, die der Dienstboten, um sie weiter betrügen zu können.

Aber das würde sich ändern. Prudencio Márquez wusste es, er hatte es in der Bibel gelesen; etwas Entscheidendes würde geschehen. Deshalb wartete er auf die Botschaft, die einfach nicht kommen wollte.

Prudencio Márquez ließ den Blick über die Anhöhe schweifen, und mit einem Pfiff befahl er den Hunden, die Ziegen zurückzutreiben, die sich entfernt hatten.

Er drehte sich um und betrachtete den Fluss, der metallisch glitzernd den Felsen hinabschoss. Der Wagen war vorbeigefahren, und der Wind trieb die Staubwolke über die Häuser der Márquez.

Aber es war nicht nur Staub, den man auf dieser Seite sah, sondern ebenfalls Rauch. Ein dicker Streifen aus schwarzem Rauch stieg vom Dach seiner Farm auf. Brannte sie etwa? Sie brannte.

Er sah außerdem Luisa draußen mit den Kindern, und die Schwester seiner Frau, ein kleiner Punkt, der in seine Richtung den Hügel hinaufwanderte, und die Schwiegermutter und die Gesten, die Worte begleiteten, die auf diese Distanz nicht zu verstehen waren.

Er pfiff, damit die Hunde die Herde zusammentrieben, und stürzte wie eine Ziege mit sicherem Schritt den Weg hinab.

Er hatte Angst, wieso sollte er es auch nicht zugeben, und suchte Kraft im Gebet.

Gott war unerbittlich mit ihnen und ihrem sündigen Leben, dachte er angsterfüllt, und jetzt war sogar sein Feuer zur Strafe auf sie herabgekommen.

Obwohl er wusste, dass es zwecklos war, beschleunigte Prudencio Márquez seinen Schritt zu einem halsbrecherischen Tempo. Die Entfernung war groß, und der Rauch wurde immer dichter.

»Lass ein Wunder geschehen, Herr …«

Drei

Ich kann die Krankenschwestern nicht voneinander unterscheiden, das macht mich ganz verrückt. Ich weiß nicht einmal, ob ich stundenlang schlafe oder nur kurz einnicke; immer sind sie da, in ihren weißen Kitteln. Wenn ich nur diese seltsame Vermutung loswerden könnte, dass es nur eine Dicke gibt und die andere ihr Spiegelbild ist, wäre ich nicht so ungeduldig und es würde mir auch weniger ausmachen, gelähmt zu sein und vor mich hinzuvegetieren, ohne zu wissen, ob Tag oder Nacht ist.

Auch deshalb war es ein verwirrender Tag. Und wenn ich seinen Höhepunkt benennen müsste, hätte die Demütigungsnummer, welche die Plattnase abzog, den ganzen Applaus bekommen.

Ich wüsste nicht, wie man sonst mit so wenig Einsatz ein so perverses Ergebnis erzielen kann. Die Bettpfanne, eine Art ovale Waschschüssel, die Sorte Nachttopf, die dazu vorgesehen ist, Exkremente in liegender Position aufzufangen, ist ein Folterinstrument, das eine Erfindung der Inquisition hätte sein können. Es gibt nur wenige Dinge, die unangenehmer sind, als in seiner eigenen Scheiße zu liegen. Ganz zu schweigen von der Zugabe, die die Hand der Schwester darstellt, die einem mit der Gleichgültigkeit eines Bestatters den Hintern abwischt.

Es gibt natürlich einen Trick. Es gibt immer einen Trick, um eine Bestrafung aushalten zu können: den Körper verlassen und sich auf eine andere Ebene flüchten. Bloß nicht das Opfer sein, auch wenn es der Wahrheit entspricht und man an Händen und Füßen gefesselt ist und von der Seele der Gestank nach erbärmlicher Niederlage aufsteigt.

Das war es, was ich versuchte: so zu tun, als wäre ich nicht da, während ich inständig hoffte, dass die Blutergüsse die Schamesröte überdeckten, die mir im Gesicht brannte, als der Polizist mit dem idiotischen Vorhaben zurückkam, bei Márquez Fingerabdrücke zu nehmen.

Wieder gab es einen Streit im Flüsterton.

»Wo hast du denn dein Polizeihandwerk gelernt?«, schimpfte eine der Krankenschwestern verhalten. »Siehst du nicht, dass seine Finger verbrannt sind? Was sollen denn das für Fingerabdrücke sein?«

»Wenn ich ihn nicht eindeutig identifizieren kann, kriege ich Schwierigkeiten … und das werde ich zu verhindern wissen.«

Aus dem Augenwinkel sah ich, wie der Uniformierte unschlüssig um meinen Zimmernachbarn kreiste, in der Hand ein Stempelkissen und ein paar weiße Kärtchen.

»Du bist ja nicht ganz gescheit«, behauptete die Dicke mit einem kurzen Krächzen, das wohl ein ironisches Lachen sein sollte. »Kennst du den verrückten Márquez etwa nicht?«

»Gesehen hab ich ihn schon mal«, sagte der Polizist, kurz davor, klein beizugeben. »Aber es gibt ein paar Schwierigkeiten, zu denen ich mich nicht äußern darf, das Protokoll ist vertraulich.«

»Aha! Das muss ja furchtbar wichtig sein. Dann brauchst du auch von niemandem Hilfe zu erwarten.«

Für einen Moment stockte das Gespräch. Nachdenklich hielt der Mann den Blick auf die Frau gerichtet, die so tat, als beachte sie ihn nicht mehr. Um deutlich zu machen, dass er hier überflüssig war, hob sie meine Bettdecke und überprüfte die Bettpfanne.

»Noch immer nichts?«, empörte sie sich. »Ich werde ihm einen Einlauf machen müssen, wenn er keinen Stuhlgang hat.«

Ich hätte sie umbringen können, und das war ernst gemeint. Wenn ich meine Hände hätte gebrauchen können, hätte ich es getan.

»Du musst mir helfen, Teresa …«

Aha, die verdammte Indianerin heißt Teresa, dachte ich.

»Wie denn bitte? Wenn ihr von der Polizei einem nicht vertraut, weiß ich nicht, wie ich euch helfen soll.«

»Weißt du, schuld sind die Mormonen. Die von der Mission auf der Anhöhe von Quebrada Luán …«

»Diese Gringos sind anständige Leute, die sich um die Armen kümmern. Was hast du gegen sie?«

»Ach, nichts, gar nichts … Nur dass die Mormonen ein eigenes Funkgerät besitzen und das Polizeirevier darüber verständigt haben, dass sie den gesuchten Pick-up gesehen hätten.«

»Welchen Pick-up? Und wer wird gesucht? Du bist doch zur Schule gegangen, auch wenn es nur die Grundschule war. Kannst du dich nicht vernünftig ausdrücken?«

Der Polizist hob seine Hände, in denen er Stempel und Kärtchen hielt, wie jemand, der eine Erschießung aus nächster Nähe verhindern möchte.

»Es … ich habe einen Haftbefehl für einen gewissen Cacho, der mehr Beinamen und Spitznamen hat als Namen im Telefonbuch stehen. Der Funkspruch war glasklar, der Gesuchte ist in einem weißen Pick-up unterwegs, und sein Ziel ist wahrscheinlich Quebrada Luán.«

»Und wieso?«

»Tja, ich weiß nicht. Aber die Mormonen haben das Polizeirevier angerufen, weil sie ein verdächtiges Fahrzeug gesehen haben, das zu den Márquez fuhr. Verstehst du jetzt?«

»Noch immer nicht, wirklich.«

»Hör mal, Teresa ...«, der Polizist wuchs eine Handbreit und klang auf einmal sehr bestimmt, »woher weißt du eigentlich, dass das Brandopfer hier der alte Márquez ist?«

»Wer kennt die Márquez denn nicht?«

»Red kein dummes Zeug, Teresa. Du denkst, dass es Márquez ist, weil ich es dir gesagt habe. Und ich habe es dir gesagt, weil es kein anderer sein konnte; jetzt liegen die Dinge aber anders. Würdest du vor dem Richter schwören, dass dieser Schwerverletzte hier Prudencio Márquez ist?«

»Na ja, schwören vielleicht nicht; ich kannte ihn nicht so gut, als dass ich ... aber für mich ist es Márquez. Jedenfalls wirst du noch ein bisschen Geduld haben müssen, bis du ihn identifizieren kannst.«

»Spätestens bei der Autopsie.«

»Raus mit dir, los«, befahl ihm die Dicke und hob erneut meine Bettdecke, »der Doktor soll nicht sehen, wie du Patienten belästigst. Du weißt, dass er das nicht mag.«

Ich blickte zur Seite, als der Mann auf dem Weg zur Tür an mir vorbeiging. Ich hätte schwören können, dass er es bei seinem Versuch, liebenswürdig zu sein und mich zu grüßen, womöglich fertiggebracht hätte, mir einen guten Appetit zu wünschen, während die Dicke die Bettpfanne entfernte und mich beglückwünschte, dass ich brav gewesen sei.

Nachdem ich die Wut über meine eigene Ohnmacht überwunden hatte, versuchte ich angestrengt, mich auf die Neuigkeiten zu konzentrieren.

Es bestand also die Möglichkeit, dass Márquez einen Komplizen gehabt hatte. Das war interessant.

Ich musste dem Indianer irgendwie auf den Zahn fühlen, ihn ganz behutsam ausquetschen. Es war ja möglich, dass er bald starb.

Ich wartete ein paar Minuten, bis ich sicher war, dass sie nicht zurückkehren würden, und machte mich erneut daran, ihm Würmer aus der Nase zu ziehen.

Die Türklingel, die ihn aus dem Bett geholt hatte, hatte ihn auch aus einem Albtraum aufschrecken lassen. Wieder der Sog an der Flugzeugtür, der Wind, der ihn beinahe mitgerissen hätte. Er hatte versucht, den Lärm zu ignorieren, aber umsonst: Die Klingel schrillte durchdringend wie ein böses Omen.

»Sogar tote Dinge haben einen anderen Klang, wenn Schwierigkeiten ins Haus stehen«, grummelte ein Teil von ihm, während der andere die Beine aus dem Bett schwang und versuchte, in seine Hausschuhe zu schlüpfen, die ihm wie Hasen entwischten.

»Herrje, selbst im Schlaf nervst du noch mit deinen Bibelsprüchen«, grummelte der Teil von ihm weiter, der nur widerwillig das Bett verließ und ihm riet, sich an den kaum bedeckten und von einem Schweißfilm überzogenen Frauenkörper zu schmiegen.

Mit zittrigen Fingern tastete er nach der Dschellaba aus Seide und versuchte, in die Ärmel zu schlüpfen.

Die andere Stimme, die rau war von der durchzechten Nacht, riet ihm, weiterzuschlafen.

»Jeder, der nicht weiß, dass Uhren manchmal mit zuckenden Zeigern einschlafen, ist ein Dummkopf …«, brummelte er schlecht gelaunt und hielt einen Moment inne, um sich zu fragen, was er eigentlich hatte sagen wollen.

Es war nicht wichtig, schloss er. Sein anderes Ich zeigte ihm den Stinkefinger, doch hielt ihn das nicht davon ab, die Dschellaba überzuziehen.

Das Kleidungsstück, das von einem Hehler stammte, dem er einmal aus der Patsche geholfen hatte, gab ihm ein Gefühl von ungeheurer Macht. Besonders, wenn er es auf dem nackten Körper trug.

»Ausgerechnet jetzt musst du aufstehen!«, sagte die Frau, während sie auf dem Nachttisch umhertastete, ohne die Lampe zu finden. Mehrere Gegenstände fielen mit einem dumpfen Geräusch zu Boden, Glas klirrte.

»Pass gut auf, wo du hintrittst, Kleines. Schneide dich nicht.«

»Du bist eine Nervensäge, Cacho, eine echte Nervensäge …«

Die Frau stimmte ein hohl klingendes Lachen an und traf bei ihrem benommenen Umhertasten das Radio, aus dem auf einmal Akkordeonmusik schallte.

Cacho legte den Gürtel an und trat auf den Hof hinaus. Es roch nach feuchter Erde, und auf den Fliesen schimmerten Pfützen. Der Gartensprenger sprühte in regelmäßigen Abständen Wasser über die Callas, Geranien und das Farnkraut. Die Lampe an der Wand spiegelte sich in den Tropfen auf den Pflanzen.

Er fühlte sich quicklebendig in dieser Ecke des Hofs und sog die feuchte, nach Erde riechende Luft ein; lebendiger als an jedem anderen Ort. Es war wie nach der Rückkehr aus Buenos Aires; dort, wo der Regen nichts Exotisches hatte, das Klima aber aus anderen Gründen ungesund war.

Zwischen zwei Pflanzen bemerkte er die silberne Spur, welche die Nacktschnecken hinterlassen hatten, und lächelte; sie kamen immer wieder. Er atmete noch einmal die feuchte Luft ein und schaltete die Wandleuchte aus. Eine simple Vorsichtsmaßnahme; er hatte das Licht nicht gerne im Rücken.

Die Klingel schrillte noch einmal, trotzdem ließ er sich Zeit, seine Augen an die Dunkelheit zu gewöhnen.

Ein tintenschwarzer Himmel, ein typischer Patagonienhimmel, gespickt mit unzähligen kalten Sternen und ohne eine einzige gnädige Wolke, wölbte sich über die Dächer und Mauern um ihn herum.

»Sehr gut, Bruder«, sagte er laut. »Das Gute an diesem Fleckchen Erde am Arsch der Welt ist, dass man das, was man nicht für Regenschirme ausgibt, in Kondome investieren kann.«

Er ging den langen Gang entlang, der zur Straße führte. Vor dem Eingang des schon vor langer Zeit geschlossenen Ladens stach ihm ein durchdringender Geruch in die Nase.

Nach und nach hatte er begriffen, was dort vor sich ging: Die Exkremente der Fledermäuse würden eines Tages die Decke über dem Tresen und den leeren Regalen zum Einsturz bringen. Wie in einem Horrorfilm sah er vor sich Tonnen von Guano, der alte Barhocker, vergessene Kalender und die Überreste einer womöglich goldenen Vergangenheit unter sich begrub.

Zumindest für die Inhaberin, die in einem anderen Haus die Tage am halb offenen Fenster im Dämmerlicht verbrachte und unaufhörlich Spitzen häkelte, musste sie golden gewesen sein. Für Doña Rosa war Zeit ein geruchloser vertrockneter Kadaver, den sie neben ihren Heiligenbildchen aufbewahrte. Dreißig Jahre der Vernachlässigung, in denen sich die Flügeltiere vermehrten und Exkremente an der Tapete hinterließen, waren lediglich ein Fingerschnippen zwischen ihr und dem einzig Lebendigen, ihrer Vergangenheit.

Wenn Pater Carlos sich geschickt anstellte, würde ihm Doña Rosa das Haus eines Tages überlassen oder für ein Butterbrot verkaufen.

»Eine großartige Idee, den Armen Unterkunft zu gewähren. Wenn vorher keine biblische Plage über uns kommt und nicht ein Regen aus Fledermauskacke das Erbe vernichtet ... was für ein Gauner, dieser Pater Carlos«, sagte Cacho zu sich, als er sich hinunterbeugte und den Briefschlitz aufklappte.

Es war unangenehm, in gebeugter Haltung sprechen zu müssen, aber so war es sicherer. Nach Mitternacht machte er ungern jemandem auf.

»Ja ... was ist?«

»Ich bins, Cacho, Orlando«, sagte eine angestrengte Stimme.

»Was willst du, Orlando? Ich dachte, wir hätten uns geeinigt.«

Der Lichtstreifen, der durch den Briefschlitz hereinfiel, verschwand beinahe, als sich der Mann draußen mit dem Mund der Öffnung näherte. Er sprach sehr leise und schien trotzdem zu schreien. Außerdem hatte er Mundgeruch.

»Wo isst du denn, auf dem Friedhof?«

»Was? Ich ... ich hatte Probleme mit dem Rezept, Cacho. Es wurde nicht eingelöst, mach auf, ich erzähls dir.«

Cacho zögerte und kam zu dem Schluss, dass das keine Falle war, um ihn auszurauben. Orlando wäre zwar dumm genug, es zu versuchen, aber er war auch feige.

Er zog die Schlüssel aus der Dschellaba, und das Schloss gehorchte mit einem metallischen Klacken. Die Tür war schwer und hoch wie bei einer Kathedrale; und genauso sicher. Er öffnete sie nur so weit, dass Orlando hindurchschlüpfen konnte, und schloss wieder ab, bevor er das Licht im Hof anmachte.

Orlando war verstört, man sah es seinem schweißüberströmten Gesicht an. Unruhig wanderte sein Blick hin und her, und seine Augen, die etwas zu verbergen schienen, quollen ihm aus dem Gesicht. Cacho griff in eine Tasche und ertastete ein Häufchen Tabletten, beschloss aber, ihm vorläufig nichts zu geben. Nicht, bevor er nicht wusste, was los war und was für einen Cocktail er eingeworfen hatte. Er wollte nicht riskieren, dass der andere hier im Gang tot umfiel.

»Na gut, beruhige dich und erzähl mir, warum sie das Rezept nicht eingelöst haben. So schlimm kann es nicht sein.«

»Ich war in dieser Apotheke, die beim Bahngleis. Der Typ fragt mich, ob ich die Tabletten schon längere Zeit nehme. Das hat mich stutzig gemacht …«

»Weiter …«

»Nun lass mich doch … Ich hab ihm also das Übliche erzählt, die Geschichte von meinem Großvater, der Parkinson hat. Okay? Kannst du mir folgen?«

»Sicher. Ist ja nicht so schwierig«, sagte Cacho.

Aber der andere hatte keinen Sinn für Ironie; er verströmte Angst und verschwieg etwas. Was die bösen Vorzeichen anging, hatte ihn das Schrillen der Klingel nicht getäuscht.

»Wann warst du in der Apotheke?«

»Warte, einen Augenblick. Lass mich nachdenken …« Orlando drehte das Gesicht zur Seite, als könnte er so verbergen, dass es mit roten Flecken übersät war.

Emotional instabil, starke Schweißbildung, erste Entzugsphase; und er lügt wie gedruckt, dachte Cacho während der raschen Diagnose.

»Wann warst du in der Apotheke?«, wollte er wissen.

»Gegen Abend«, antwortete der andere.

»Und da kommst du jetzt, um mir zu erzählen, dass es Probleme gab? Um drei Uhr morgens?«

»Ich hab einen Schrecken gekriegt, Cacho. Irgendwas ist mit mir durchgegangen … Ich schwöre dir, das ist das erste Mal, dass ich die Nerven verliere, Cacho. Ich schwörs dir bei meiner Frau …«

»Schon gut. Ich werde dir nicht sagen, dass ich dich gewarnt habe, weil du mir dann wieder mit der Leier kommst, dass ich nicht dein Vater sei und mir meine Ratschläge sparen könne; außerdem habe ich die Schnauze voll, mich mit Idioten zu unterhalten. Aber ich habe dich gewarnt: Mach was du willst, aber friss die Tabletten nicht, als wäre es Schokolade; das macht dich irgendwann fertig. Hab ichs dir nicht gesagt?«

»Ist ja gut, Cacho. Aber was hat das damit zu tun? Wenn ich die Tabletten nicht vertrage, setze ich sie ab! Ich bin eben nervös geworden und zu einem Freund gegangen, der mir irgendein ziemlich hartes Zeug gegeben hat. Ich habe noch einen Whisky getrunken und bin bis eben dort gewesen … Dann bin ich hierher gekommen, Cacho.«

»Was hat dir der Freund gegeben?«

»Weiß nicht, Cacho ... jedenfalls was starkes, zwei bunte Kapseln und noch ein paar hellblaue dazu.«

Orlando log noch immer, stellte Cacho fest. Er musste ihn irgendwie loswerden, und zwar so schnell wie möglich; aber auf die sanfte Tour, ohne dass er wütend wurde.

»Schon gut, mach dir nichts draus. Erzähl mir noch mal genau, wie das mit der Apotheke war, dann sag ich dir, was wir machen.«

»Anstatt mir die Tabletten zu geben und mich ziehen zu lassen, fing der Apotheker an, Fragen zu stellen. Dann ging er mit dem Rezept nach hinten. Er sagte, er müsse erst schauen, ob der Lieferant sie dahabe, und griff zum Hörer. Aber ich hab ihm angesehen, was er vorhat.«

»Angesehen ...«

»Na ja ... auch weil er die Adresse von dem Rezept aufgeschrieben und zu mir gesagt hat: ›Das ist ein Arzt vom Krankenhaus, nicht?‹ – ›Ja, natürlich‹, habe ich zu ihm gesagt ... und als er nach hinten ging, bin ich abgehauen. Wenn der im Krankenhaus angerufen hätte, wäre ich in den Knast gewandert. Ich weiß doch, dass der Name des Arztes falsch ist. Was hätte ich denn tun sollen? Warten, bis die Polizei kommt?«

Cacho dachte kurz nach, während er sein Gegenüber betrachtete. Er war ein Lügner, und er würde ihn in Schwierigkeiten bringen.

»Schon gut. Beruhige dich, und lass dich ein paar Tage nicht blicken. So lange, bis ich weiß, was los ist.«

»Ich kann nicht, Cacho, ich habe nicht einen Peso.«

»Und was geht mich das an?«

»Ich hab die letzte Kohle für das Rezept ausgegeben, das

ich nicht einlösen konnte, du musst mir helfen. Gib mir mein Geld zurück. Ich werde ernsthaft sauer, wenn du mir die Kohle nicht gibst.«

»Orlando«, Cacho packte ihn väterlich am Arm. »Habe ich dich jemals enttäuscht? Habe ich dich jemals im Stich gelassen und dir keinen Kredit gewährt?«

»Nein, aber …«, Orlando versuchte, sich in Rage zu reden, und das machte ihn argwöhnisch. Er musste ihn mit Samthandschuhen anfassen.

»Beruhige dich erst einmal, und wirf nicht irgendwelches Zeug ein, das man dir irgendwo gibt«, sagte er und zog diverse Tabletten und Kapseln aus der Tasche. Das bunte Häufchen auf seiner Handfläche sah aus wie ein Spielzeug, das man zusammensetzen musste.

»Komm, Orlando, nimm das hier, und du bist wie neu. Und dann sage ich dir, was ich für dich tun kann.«

Ohne zu fragen, was es war, schluckte Orlando trocken die Handvoll Kapseln; Carlos wurde klar, dass der Dealer wirklich am Ende war. Er würde sogar Rattengift nehmen, wenn ich es ihm gäbe, dachte er. »Ich geb dir einen Kredit, und du zahlst ihn mir irgendwann zurück«, sagte er großzügig.

Er legte in die zitternde Hand des anderen ein Dutzend Tütchen und eine Schachtel Tabletten.

»Nein, Cacho, das ist zu viel …«

»Für einen Freund ist es nie zu viel. Hier hast du Ware, um dir ein paar Pesos zu verdienen, aber pass auf die Kohle auf. Pass gut auf sie auf, damit du ein paar Tage von der Bildfläche verschwinden kannst, bis ich herausgefunden habe, ob die Sache ein Nachspiel hat. Und lass dich erst wieder blicken, wenn ich dir Bescheid gebe. Hast du verstanden?«

»Danke, Cacho, du bist wie ein Vater zu mir«, sagte Orlando, dessen Atem wieder normal ging.

Der Mann hatte mehr bekommen, als er wollte. Eine ordentliche Menge Kokain, verschnitten mit Amphetaminen, und Tabletten, die die schwarzen Weiber ganz heiß machten, wenn sie Bier dazu tranken, und die sich in den Tanzlokalen verkauften wie warme Semmeln. Außerdem spürte er, dass der Cocktail, den er gerade geschluckt hatte, Unsterblichkeit durch seine Adern pumpte.

»Tschau, Cacho, dann mach ich mich mal auf den Weg zum Tanzschuppen, meine Kunden verfluchen mich bestimmt schon. Mach auf, ich verschwinde, Alter.«

»So ists gut. Wie ich sehe, geht es dir schon besser. Hau schon ab, ich kümmere mich um alles …«

Cacho verabschiedete sich mit leiser Stimme, machte das Licht im Gang aus und öffnete die Tür.

»Wirklich, Cacho, du bist wie ein Vater zu mir. Ich liebe dich, Cacho!«, entfuhr es Orlando in einem Anfall von Euphorie und ging mit großen Schritten davon.

»Verschwinde, du Gauner, du miese Ratte«, knurrte er leise, während er den Schlüssel umdrehte und den Schritten lauschte, die sich entfernten.

Dann wühlte er in der Tasche mit den Schachteln und zog eine Zahnbürste hervor, an deren Ende ein kleiner Spiegel klebte. Er öffnete die Klappe des Briefschlitzes, ging in die Hocke und schob das Ding hindurch. Ein Trick, den er im Gefängnis gelernt und nie vergessen hatte. Der Winkel war nicht optimal, aber er konnte immerhin bis zur Ecke sehen.

Orlando war allein und ging davon, als hätte er Stahlfedern unter den Sohlen. Die Wirkung würde ein paar Stunden anhalten, sagte sich Cacho. Wenn dann der Drogenkater einsetzen würde, sollte er doch sehen, wo er blieb. Wichtig war im Moment nur, dass er nicht in falscher Begleitung gekommen war; doch eins war klar, Orlando würde ihn über kurz oder lang verraten.

Cacho schloss den Briefschlitz, blieb einen Moment im dunklen Gang stehen und streckte eine Hand aus, wie um die Stille zu segnen.

»Meine Güte … Alle Menschen werden irgendwann zu Verrätern und schlagen sich auf die Seite des Teufels, unseres geliebten Meisters.«

Wie zur Antwort stach ihm ein scharfer Geruch in die Nase. Der Wind hatte nach Osten gedreht, drang durch die Oberlichter des Ladens und machte den Fledermausgestank noch penetranter.

Das Rezept, das Orlando nicht hatte einlösen können, war ein Problem, wenn auch nicht das einzige. Er musste nachdenken, und zwar gründlich. Er gehörte nicht zu den Idioten, die Tabletten einwarfen und den Kopf verloren.

Er musste nachdenken.

Er vertraute seinem Tastsinn, nahm ein paar Kapseln aus den Schachteln in seiner Tasche und schluckte sie alle auf einmal.

Vielleicht kam der Gestank der Hölle nicht von schwefligen Gasdämpfen aus Erdspalten, sondern von den Exkrementen der Fledermäuse, dachte er. Die Vorstellung, dass Luzifer bis zum Hals in der Kacke seiner fliegenden Säugetiere steckte, amüsierte ihn.

Er verließ den Gang und machte das Licht im Hof an.

Während er mit den Spuren der Nacktschnecken spielte, die zwischen den Pflanzen glänzten, ließ er für einen Augenblick seine Gedanken schweifen.

Er konnte nicht wissen, dass Orlando die gute Laune schlagartig verging, als er um die Ecke bog und sich ein Schatten von der Wand löste und ihm den Weg versperrte.

Ein Wagen, der am Bordstein parkte, gab ein kurzes Lichtzeichen, damit er gar nicht erst auf die Idee käme, abzuhauen.

»Orlando, Orlando … Erzähl mir nicht, dass du hier abbiegen wolltest, weil du wusstest, dass wir auf der anderen Seite auf dich warten«, sagte der Mann freundlich.

»Aber nein, wo denken Sie hin … ich hab mich nur vertan. Ich hab, was ich Ihnen versprochen habe.«

»Komm her, komm mal kurz her, wir müssen miteinander reden.«

Der Polizist stieß ihn sanft, aber entschlossen bis zu dem Wagen ohne Kennzeichen.

»Du hast dich also in der Straßenecke vertan …«

»Ja, glauben Sie bloß nicht …«, der Satz erstarb ganz plötzlich, als eine Hand am Seitenfenster auftauchte und ihm so lange die Eier abdrückte, bis ihm der Atem stockte. Als sie losließ, fiel Orlando auf die Knie und japste nach Luft.

»Hey, wie behandelst du denn unseren Freund?«, meinte der erste Polizist ironisch und zwang ihn, aufzustehen. »Ist schon gut, Orlando. Mach dir nicht ins Hemd, du musst noch arbeiten, und es ist schon spät. Erinnerst du dich noch an das, was ich dir gesagt habe, oder hast du dich da auch vertan?«

»Nein, ich schwörs bei meiner Frau … ich verticke das Zeug, und um sechs bekommen Sie Ihren Anteil.«

»Das gefällt mir schon besser. Los, verschwinde … und vergiss nicht, dass diese Wilden hier Eier sammeln und sie dir abschneiden werden, wenn ich ihnen nicht auf die Finger klopfe«, sagte er und stieg unter dem Gelächter der anderen Insassen in den Wagen ein.

Orlando beschleunigte seinen Schritt und wagte es nicht einmal, sich umzusehen, als der Wagen losfuhr, um einmal um den Block zu fahren.

»Halt dort an«, der Polizist zeigte auf eine Stelle an der Ecke.

Die Fassade des alten Lebensmittelladens sah im schwachen Licht der Straße heruntergekommen aus; ein verblasstes Schild über zwei Schaufenstern und dem Eingang, der mit alten Metallrollos verschlossen war. Daneben die hohe Holztür, die zu Cachos Wohnung führte.

»Er zahlt nicht einen Peso dafür, er hat kein Auto und braucht weniger Geld als eine Ratte in ihrem Loch. Dieser Cacho hat die Kohle irgendwo gebunkert, aber bestimmt nicht auf einer Bank.«

»Wollen Sie ihn hochnehmen, Chef? Einmal hübsch zugedrückt, und er rückt alles raus«, schlug einer der Schatten auf dem Rücksitz vor.

»Nein. Noch nicht. Wir schnappen ihn uns erst in ein paar Tagen, wenn der neue Kommissar da ist.«

»Gute Idee, Chef. Da können wir uns beim Neuen gleich ein paar Lorbeeren verdienen.«

»Sicher. Am Anfang ist es immer dasselbe. Los, fahren wir …«

Der Wagen löste sich von der Bordsteinkante und glitt wie ein stummer Schatten die Straße entlang.

Drinnen im Hof stellte Cacho einen Pflanzenkübel um. In der Hand hielt er einen Salzstreuer, und auf dem Boden befand sich die silberne Spur einer dicken Nacktschnecke, die dahinkroch, ohne zu ahnen, dass sie nicht mehr weit kommen würde. Eine Schnecke ohne Haus, eine Obdachlose, ein armes Ding, das sich auf Eingeweiden durch die Welt schleppte und fraß, so viel es konnte, Schaden anrichtete und unnötig litt.

»Das nennt man soziales Gewissen«, bemerkte Cacho mit ironischem Unterton.

Er ging in die Hocke, um sich die Schnecke genau anzuschauen, streute Salz über sie und wartete die Wirkung ab.

Zuerst schien das Tierchen es gar nicht zu bemerken, bis es sich heftig zu winden begann und immer größere Schaumblasen seinen Körper bedeckten. Das Salz hatte bewirkt, dass der Körper der Nacktschnecke rasend schnell dehydrierte und sie in ihren eigenen Körpersäften sterben würde.

»Dafür, dass du dich an meinen Pflanzen vergriffen hast«, brummte er, bevor er sich erhob und ins Schlafzimmer ging.

Die Frau hatte es geschafft, die Nachttischlampe anzuknipsen, doch sie schlief quer auf dem Bett und bei laufendem Radio. In den Mundwinkeln hatte sich weißer Schaum gebildet und die Blasen schienen größer zu werden, wenn der Atem ihrem Mund entwich. Cacho bekam Lust, ihr Salz auf die Lippen zu streuen, doch er wusste, dass er sie damit wecken würde, und wenn sie Streit anfing, müsste er ihr ein paar runterhauen. Es war alles zu vorhersehbar und deshalb reine Zeitverschwendung.

Er erlaubte sich zumindest den Spaß, ihr ein wenig Salz in den Bauchnabel zu streuen. Er schaltete Radio und Licht aus und legte sich auf das Bett, ohne die rote Dschellaba auszuziehen. Er musste über so vieles nachdenken.

Von der Stille seines Bettes aus hörte er die Geräusche auf der Straße; Autoreifen, die über den Asphalt rollten, und ein Luftzug, der ein Gemurmel zu ihm herübertrug, das wie dumpfe Befehle klang.

Streng genommen gab es außer dem Zwischenfall mit Orlando in der Apotheke keinen ernsthaften Grund, sich Sorgen zu machen. Aber der Widerhall der Geräusche, etwas, das in der Luft lag, ein bestimmter Geruch nach überreifen Früchten, nach etwas, das zu verfaulen begann, sagte ihm, dass er besser von der Bildfläche verschwand.

Er brauchte keine weiteren Zeichen. Er wusste es, wie der Fuchs, der in der stillen Nacht erwacht, weiß, dass die Hunde seine Spur am nächsten Morgen aufnehmen würden.

Er lächelte im Dunkeln und verspürte zugleich ein klein wenig Selbstmitleid und eine gewisse Bewunderung. Er war wie der Fuchs: Er zitterte vor Angst vor den Hunden, aber er brauchte diese Mistkerle auch. Ein Fuchs ohne Hunde war nicht viel mehr als ein Aasfresser. Und er, Cacho, oder wie die Hunde ihn nennen mochten, konnte keinen Geschmack an verborgener Macht finden; er fühlte sich erst lebendig, wenn sie die Witterung bereits aufgenommen hatten.

Ohne es zu merken, streichelte er die rote Dschellaba. Er mochte die Farbe, weil sie ihm das Gefühl gab, unbesiegbar zu sein, ein echter Torero. Ein Torero, der angesichts zweier spitzer Hörner mit dem Schicksal spielt, ein Torero, der spürt, dass der Moment gekommen ist, einen Schritt beiseitezutreten, da der Stier böse Absichten verfolgt.

Cacho beugte sich über den Bauch der schlafenden Frau und pustete das Salz weg. Dann steckte er die Zunge in den Nabel und leckte die Haut, die salzig war wie ein Sumpf am Meer.

»Nein … lass mich …«

Die Frau wehrte sich dagegen, aus dem Schlaf geholt zu werden, und wich ihm mit trägen Bewegungen aus, als schwimme sie im Dunkeln.

»Lass mich, du Blödmann …«

Cacho ließ sie einen Moment in Ruhe, um sich von der Dschellaba zu befreien, und schmiegte seinen Körper dann wieder an ihre warme Haut. Er wollte sie nicht wecken. Er wollte sie haben, ohne sich das dumme Zeug anhören zu müssen, das sie von sich gab, sobald sie den Mund aufmachte. Er war erregt, außerdem hatte er sie gut bezahlt.

Ich glaube, es ist das erste Mal, dass ich die Krankenschwester um eine Schlaftablette bitte. Ich bin völlig durch den Wind. Um es auf den Punkt zu bringen: Márquez hat dafür gesorgt, dass mir der Kopf schwirrt. Woher hat er nur die Geschichte von diesem Cacho? Sie passt gar nicht zu der Geschichte von Márquez und diesem Haufen von Ausgegrenzten, von denen er ununterbrochen gebrabbelt hat. Was weiß ich schon von diesem angeblichen Indianer, einem Priester und Spinner, der seine Familie umbringen wollte? Im Grunde überhaupt nichts.

Mir kam in den Sinn, dass er vielleicht unbewusst mitbekommen hatte, wie der Polizist von einem gewissen »Cacho mit mehr Namen, als im Telefonbuch stehen«, sprach. Aber das würde bedeuten, dass er damals einen Komplizen gehabt hätte und die Mormonen sich das nicht nur eingebildet haben.

Außerdem muss ich wohl akzeptieren, dass mir eine Sache überhaupt nicht gefällt: nämlich die Fähigkeit des Indianers, zu erzählen. Er kann mir die Wechselfälle von Cachos Leben niemals erzählen, wenn er nicht selbst Cacho oder zumindest nah an ihm dran gewesen ist. Außer er ist verrückt und in einer Art Fantasiedelirium.

Diese Möglichkeit macht mir am meisten Angst. Denn wenn es so ist, kann ich die Story, auf die ich aus bin, vergessen. Und alles wegen eines Schwachsinnigen mit der Fantasie eines Chamäleons.

Der Doktor hat gesagt, ich müsse schlafen, ich stünde unter Stress; und die Dicke – Teresa oder vielleicht die andere – ist mit einer Spritze aufgetaucht. Ich fühle mich wie ein Kriegsreporter an der Front, den mitten im Bombenhagel der Schlaf übermannt.

Vier

Es war ein hartes Stück Arbeit, selbst für jemanden wie mich, der Erfahrung mit Interviews hat. Es war so mühsam, dass sich die Kopfschmerzen verschlimmerten und ich mich versucht fühlte, nach einem Beruhigungsmittel zu fragen. Da es jedoch ratsam war, den Schmerz zu ertragen, um bei klarem Verstand zu sein, riss ich mich zusammen und schloss die Augen.

Márquez oder wer der Mann im anderen Bett auch sein mag, hat ein irritierendes Verhalten. Zeitweise hört sich das, was er sagt, wie parallel verlaufende Gespräche an, als reiste ich in einem voll besetzten Bus, in dem die Leute die ganze Zeit reden; Stimmengewirr und alle möglichen Geschichten, welche die Geräuschkulisse bilden.

Bis auf körperliche Gewalt habe ich nichts unversucht gelassen – bei dem Gefühl von Fremdheit, das ich meinem Körper gegenüber habe, wäre ein solches Bedürfnis nur schädlich –, und ich kann weder genau sagen, woher die Geschichten kommen, noch, wer sie erzählt. Dieses arme Schwein ist ein Chamäleon, das jedes Mal, wenn es seinen verkommenen Mund aufmacht, die Farbe wechselt. Eines stimmt natürlich: Man hat selbst noch nie ein Chamäleon gesehen, aber es ist eine hilfreiche Metapher. Schließlich hält man mich für einen Journalisten, also für einen Quell von Gemeinplätzen.

Scheiße. Wem halte ich hier eigentlich einen Vortrag?

Wieso kann ich nicht nachdenken, ohne den Wichtigtuer zu geben? Vielleicht sollte ich eine meiner beiden dicken Zerberusse fragen. Nein, unmöglich …

Ich muss einen klaren Kopf bekommen.

Der Typ im anderen Bett könnte jeder von ihnen sein: Márquez, Cacho, Orlando – oder dieser Doktor Gómez, der plötzlich auf der Bildfläche erschienen ist –, und aus deren Perspektive erzählen, aber er kann ja nicht alle auf einmal sein.

Der Typ, das Chamäleon, hat eine weitere Person in sein Repertoire aufgenommen. Und obwohl er wegen eines angeblichen Selbstmordversuchs von Brandwunden übersät in diesem Bett liegt und die Krankenschwester ihn zu kennen behauptet, teile ich die Zweifel des Polizisten. Dieser Typ kann nicht der geheimnisvolle Indianer sein. Dieser Typ, das Chamäleon, ist Cacho viel näher als jedem anderen.

Allerdings ist es richtig, dass dann ein Großteil der Geschichte nicht mehr stimmt. Zum Henker mit Beelzebub. Aber kein Grund zum Verzweifeln, denn schlimmer kann es sowieso nicht kommen. Wir werden ja sehen ... Und dieses verdammte Licht, das mir wie ein Messer in die Augen sticht.

Gómez überprüfte sein Spiegelbild in der Eingangstür des Krankenhauses und kam zu dem Schluss, dass es dem Ort und der Situation entsprach: ein vertrauenswürdiger Mann von unbestimmtem Alter, der mit seinem dunklen Anzug korrekt gekleidet war.

Wie immer drängten sich an der Rezeption Kranke, die verschiedene Grade von Armut aufwiesen. Die Weißkittel legten Aufnahmeformulare auf den Tresen, und hin und wieder befahl ein Witzbold dem Haufen gefängnisartige Stille.

»Guten Tag, Schwester«, grüßte er.

»Guten Tag, Doktor«, bekam er von derselben mechanisch zur Antwort.

Bis jetzt schien alles glattzulaufen. Er hatte gezögert, diesen Schritt zu wagen; aber wenn er es nicht ausprobierte und ein paar Testsprünge machte, würde er nie erfahren, bis zu welchem Punkt das schützende Netz zerstört werden konnte.

Gómez ging an einer doppelten Bankreihe mit Verletzten vorbei, die vor den Behandlungsräumen warteten. Er sah weder nach rechts noch nach links, denn er wusste, dass sie sich wie herrenlose Hunde aufführen würden; beim kleinsten Anzeichen von Aufmerksamkeit würden sie sich an seine Hosenbeine klammern und um Hilfe betteln, und er wollte keine Zeit verschwenden. Zeit war Geld.

Dollars, D-Mark, Rupien oder Guaraní; jede legale Währung wird genommen ..., dachte er, um sich Mut zu machen. Wahrscheinlich war es sein letztes Zwischenspiel im Krankenhaus, und er musste die Gelegenheit nutzen.

Als er den großen Saal betrat, sah er neben einem Wandschirm eine Gruppe Personen, die wie Tagelöhner gekleidet waren und mit leiser Stimme sprachen. Eine Alte ließ einen Rosenkranz durch ihre Finger gleiten und bewegte die Lippen in stummem Gebet.

»Jemand liegt im Sterben. Die betroffenen Verwandten ... Ein Fall für Pater Carlos. Schade ...«

Von der Saalmitte aus bewegte sich eine Krankenschwester auf den Ausgang zu und verteilte die Morgenmedizin. Ohne sie anzuschauen, ging er an ihr vorbei direkt auf die hintersten Betten zu. Wenn es etwas zu erbeuten gab, dann besser weit vom Eingang entfernt.

Ein Mann mittleren Alters mit einem Verband um Brust und Bauch weckte sein Interesse. Sein Blick verriet, dass er zu denen gehörte, die schon verwirrt auf die Welt gekommen waren und niemals rechtzeitig begriffen, was um sie herum vorging. Eine kleine dicke Frau war bei ihm, deren Gesicht so bunt war wie der Katalog eines Eisenwarenhandels.

»Alles in Ordnung?«

»Es tut ganz schön weh«, erwiderte der Mann, während er angestrengt die Stirn runzelte und sich daran zu erinnern versuchte, woher er ihn kannte.

»Sie kommen wegen der Versicherung«, sagte die Frau mit einer Stimme, die perfekt zu ihrem Gesicht passte. Die kleinen, wie scharf geschliffene Steine dreinblickenden Augen bildeten ein Gegengewicht zu den grotesk gezupften und mitten auf die Stirn gemalten Augenbrauen. »Hier sind die Röntgenbilder, die diese Quacksalber von ihm gemacht haben.«

»Ihr Mann ist entweder schon tot oder kuscht den ganzen Tag. Wer der Ärmste wohl sein mochte?«, lächelte Gómez in sich hinein, während er die Röntgenbilder im Gegenlicht der Deckenleuchten betrachtete.

Ein paar lädierte Rippen, der Rest war nicht der Rede wert. Wahrscheinlich würde es keine Probleme geben, doch er runzelte die Stirn, während er sie erneut betrachtete und sich erwartungsvolle Stille ausbreitete. Er spürte, wie die Frau den Atem anhielt; dem Mann rann ein Tropfen kalter Schweiß über den Rücken, während er blinzelnd versuchte, seine Pose zu interpretieren. Er war der Erste, dem das Warten zu lang wurde.

»Ich bin gefahren, Doktor, und es war grün.«

»Und?«

»Ich weiß nicht genau, ich kann mich nicht erinnern … Ich war dabei, Salami auszufahren, wissen Sie?«

»Halt den Mund, José«, herrschte ihn die Frau an. »Die anderen sind schuld, und sie werden dafür bezahlen; bis auf den letzten Peso.«

Gómez drückte leicht auf den Verband, und der Mann hielt den Atem an, als er den Schmerz spürte.

»Wissen Sie, es war, als wäre der Lastwagen vom Himmel gefallen …«

»Bestimmt hat kein Engel am Steuer gesessen«, bemerkte Gómez mit einem beruhigenden Lächeln. Der andere brachte nur ein gequältes Grinsen zustande.

»Wer hat die Röntgenaufnahmen von Ihrem Mann gemacht?«

»Das ist nicht mein Mann. Ich bin Witwe, er ist mein Bruder. Und wer sind Sie, wenn man fragen darf?«

»Gómez, Doktor Gómez, Versicherungsgutachter; ich entscheide über die Entschädigung.«

»Entschuldigen Sie bitte, wenn ich so direkt bin. Wir sind nämlich Fleischer und keine Doktoren«, bemerkte die Frau so säuerlich, dass man nicht wissen konnte, ob ihre Bemerkung ironisch gemeint war oder ob sie schlicht Auskunft gab. »Auf welcher Seite stehen Sie?«

»Das hängt ganz von Ihrem Entgegenkommen ab.«

»Verstehe«, sagte sie und lächelte bitter, als sie begriff, was damit gemeint war.

Gómez bemerkte, dass unter dem Lächeln die Schichten von Puder, die ihr Gesicht wie eine chinesische Maske bedeckten, zu zerbröckeln drohten, und er war versucht, einen Schritt zurückzutreten, um nicht in dem Staub zu ersticken.

»Sie helfen uns, und wir haben alle etwas davon. Nicht wahr, Doktor?«

»So ähnlich. Sagen Sie mir jetzt, wer die Röntgenaufnahmen gemacht hat?«

»Selbstverständlich, Doktor. Das war hier, in der Notaufnahme, als sie ihn hergebracht haben.«

»Gut. Ich sage Ihnen, was wir machen. Wir brauchen neue Röntgenaufnahmen. Sie wissen schon, aus einem anderen Winkel, dann zahlt die Versicherung, ohne Mätzchen zu machen. Aber das macht der Radiologe nicht umsonst ...«, sagte er und hielt den Umschlag mit den Röntgenaufnahmen wie eine Spardose vor seinen Körper.

Die Frau war bereit, in die Falle zu tappen, und während sie nach dem Portemonnaie griff, dachte Gómez an das, was in den Salamis war, die der Bruder ausfuhr. Darüber konnte man zum Vegetarier werden, erst recht, als er sah, wie sie sich, die Hand auf dem geheimnisvollen Portemonnaie, nach vorn beugte, als würde sie gleich wie in einem Westernduell eine Waffe ziehen.

»Wie viel?«

»Mit hundert dürfte die Sache geritzt sein. Aber wenn es nicht geht ...«

Die Faust öffnete sich rasch und ließ eine Handvoll Scheine in den Umschlag fallen.

»Ich will Ergebnisse, verstanden?«, zischte die Frau leise.

Gómez steckte die Röntgenaufnahmen zu den Geldscheinen, als wolle er den Vorgang unbedingt kaschieren.

»Haben Sie ein wenig Geduld. Sie warten hier auf mich,

und ich gehe zum Radiologen. Ich bin gleich zurück. Ihr Bruder soll sich nicht aufregen und am besten ein bisschen schlafen; vor dem Schichtwechsel machen wir von ihm ein paar neue Aufnahmen.«

»Keine Sorge, Doktor«, stammelte der Kranke mit einem halb komplizenhaften, halb idiotischen Lächeln.

Gómez ging zum Ausgang; er bedauerte es, nicht mehr Zeit für die Fleischer gehabt zu haben. Sie gehörten zu denen, die sich im Schlaf ausrauben ließen.

Kurz bevor er den Krankensaal verließ, gewann seine Sorglosigkeit Oberhand, und er verlangsamte seinen Schritt. Der Wandschirm, hinter dem der Sterbende lag, war eine zu große Versuchung. Außerdem waren keine Krankenschwestern in Sicht.

Ein wohliger Schauer lief ihm über den Rücken, als er, ohne lange zu zögern, den Umschlag mit den Röntgenaufnahmen auf das Nachbarbett legte, die Alte, die den Rosenkranz betete, ins Auge fasste und auf sie zuging.

Es waren nur wenige Schritte, doch eine sichtbare Wandlung ließ seine Schultern nach vorn fallen und seine Hände vor den Körper wandern.

Diese Hände drückten den eigentlichen Wandel aus. Sie waren ausdrucksvoll und von der verhaltenen Grazie einer langen Priesterlaufbahn; sie bewegten sich mit der Leichtigkeit eines körperlosen Geistes.

Fünf

Er parkte den Wagen am Straßenrand, dort, wo die Bajada de los Mallines eine scharfe Kurve machte. Er brauchte nicht auszusteigen, um die Spuren zu sehen, die die Bremsen auf dem glatten Fels hinterlassen hatten, doch getrieben von einem Bedürfnis, das sich durch das Gerüttel auf dem Schotter verstärkt hatte, beschloss er, den Wagen trotzdem zu verlassen.

Die Sonne stand im Zenit, und der Himmel war klar. Eine warme Brise wehte von den Bergen herab und wiegte sanft die Kronen der Pinien und Scheinbuchen. Als Stadtmensch hatte er sich noch immer nicht daran gewöhnt, dass außer dem Rauschen des Windes nichts zu hören war. Nicht einmal ein Vogel, und es herrschte eine mörderische Hitze. Doch mit dem Einbruch der Nacht würde die Kälte kommen und wieder für Ausgleich sorgen, sagte er sich zum Trost.

Obwohl er wusste, dass es ein großer Zufall wäre, wenn ausgerechnet jetzt jemand die Straße entlangfahren würde, blickte er sich nach allen Seiten um und öffnete den Reißverschluss, um zu pinkeln.

Wäre es ein Fehler, zu riskieren, die Vergangenheit wegen eines simplen Verdachts heraufzubeschwören? Hatte es überhaupt einen Sinn, etwas zu unternehmen wegen eines verschwommenen Schattens, eines schlechten Fotos in einer Tageszeitung, das lediglich seinen Instinkt geweckt hatte? Es würde sich schon klären, egal, welche Konsequenzen das für ihn hätte. Sicher war nur, dass etwas in ihm zu gären begonnen hatte und demnächst der Deckel, der einen Haufen von Schweinereien zudeckte, hochgehen würde.

In fünfzig Metern Tiefe war der Unfallwagen gegen einen Baum geprallt. Dabei hätten alle draufgehen können. Aber einer war noch am Leben. Einer, der eine Menge Glück gehabt hatte.

Er brauchte ein paar Sekunden, bis er das Summen seines Motorola hörte. Er ging ein paar Schritte und schloss ohne Eile den Reißverschluss.

»Ja«, sagte er und hatte das Gerät bereits in der Hand. Die Stimme des anderen hallte, als spräche er durch ein langes Eisenrohr. Es war die Funkzentrale des Reviers, die wissen wollte, ob er auf dem Weg einen weißen Pick-up mit mehreren Insassen gesehen habe.

»Negativ … Ich musste eine Weile hinter einem Holztransporter herfahren und Staub schlucken, ansonsten habe ich nichts gesehen.«

Die blecherne Stimme berichtete von der Fahndung nach dem Fahrzeug und seinen Insassen und bat ihn um erhöhte Aufmerksamkeit.

Der Mann unterdrückte ein Gähnen und versprach lustlos, darauf zu achten. »Einverstanden. Sobald ich etwas entdecke, melde ich mich.«

Mit dem Gefühl, etwas übersehen zu haben, ging er zum Böschungsrand zurück. Ein paar dunkle rechteckige Gegenstände lagen über die Böschung verteilt, es schienen Bücher zu sein. Vorsichtig kletterte er ein Stück hinunter; tatsächlich ein Buch. Eine billige Bibelausgabe der Pfingstler. Wie er von seinem Platz aus feststellen konnte, waren die anderen, die verstreut zwischen den Büschen lagen, identisch.

Nachdem er sich wieder ans Steuer gesetzt hatte, warf er das Buch auf den Rücksitz. Er ließ den Motor an und stellte die Klimaanlage auf die höchste Stufe.

Wenn sie dem Typ gehören, braucht er sie bestimmt, dachte er und nahm sich vor, sich nach dem Überlebenden zu erkundigen.

Sechs

Ich bin stets auf der Hut, aber nur, weil ich es nicht leiden kann, auf dem falschen Fuß erwischt zu werden, wenn etwas Überraschendes geschieht oder der Wind sich dreht. Ich, die ausgebuffte Schnüffelnase, würde meinen letzten Centavo darauf verwetten, dass das Chamäleon sowohl Cacho als auch diverse andere Personen ist: eine Abfolge von Tarnungen, eine endlose Reihe von Kriegsnamen. Aber niemals der Indio Márquez. Und wenn mich mein Instinkt nicht trügt, würde ein Besuch des Bundespolizisten genügen.

Es war Essenszeit; ob mittags oder abends, kann ich noch immer nicht sagen; jedenfalls drang der Geruch nach Krankenhausessen durch die Tür. Ich fühlte mich völlig geschwächt – ich fühle mich sowieso immer schwächer, als würde ich verbluten –, und während der Visite musste ich mich gar nicht verstellen, um die Besorgnis des Arztes zu wecken.

Ich nehme an, es lag daran, dass ich eine ganze Weile erfolglos versucht hatte, zum Nachbarbett hin Köder auszuwerfen. Der Typ machte den Mund nicht auf. Wahrscheinlich hat er einen sechsten Sinn, eine Alarmglocke, die schrillt, wenn jemand Fremdes sich zu dem seltsamen Paar gesellt, das wir abgeben. Das wäre nicht ungewöhnlich. Man braucht besondere Fähigkeiten, um in den Gewässern zu überleben, in denen das Chamäleon schwimmt; was sich dort bewegt, ist schlimmer als jeder Haifisch. Außer – und ich hoffe inständig, dass das nicht passiert – er stirbt vielleicht. In dem Fall bin ich am Ende, und zwar völlig.

Schon seltsam, aber manchmal, wenn mich eine solche Müdigkeit überkommt, dass ich am liebsten mit Atmen aufhören möchte, wirft mir der Wahnsinn des Chamäleons ein Seil zu, damit ich wieder aus dem Brunnen klettern kann. Es ist, als hinge mein Leben davon ab zu begreifen, zu erfahren, was in diesem kranken Hirn vor sich geht. Vielleicht ist das die Bestimmung des Jägers: Selbst wenn er sein Leben lässt, muss er das Wild erlegen.

Na ja, auch ohne Laienphilosophie musste ich ihn noch ein bisschen ausquetschen, um einen Beweis für das zu bekommen, was mich meine Spürnase bereits ahnen ließ: dass die anderen diesen Cacho mit den tausend Kriegsnamen, denselben, den die Polizei bei Quebrada Luán sucht, für Márquez halten. Es macht mich verrückt, mir nicht erklären zu können, wann die beiden vertauscht wurden und warum er so zugerichtet ist, eingewickelt und verpackt in gelbliches Verbandsmaterial.

Als ich erwachte, vernahm ich drei Stimmen.

Am Bettende des Chamäleons standen der Arzt, eine der beiden Krankenschwestern und ein Mann, der mir irgendwie bekannt vorkam, bestimmt wegen seines völlig unscheinbaren Äußeren. Mittelgroß, nicht dick, beinahe kahl; vielleicht war er sogar groß. Vom Bett aus sehen alle groß aus. Sein Mund, den er wahrscheinlich zu einem schmalen Strich zusammenpresste, wurde von einem grauen struppigen Schnurrbart bedeckt.

Der Polizist – trotz seines unscheinbaren Äußeren konnte er nicht verbergen, dass er Polizist war, und zwar bei der Bundespolizei – hatte sich die Sonnenbrille in die Brusttasche des Jacketts gesteckt und seine Hände in den Hosentaschen vergraben. Ich wusste sofort, dass er zu den Leuten gehörte, deren Hände weniger lügen als ihre Worte, weswegen sie sie auch verstecken. Es gab ihm eine lächerliche Note, weil sie sich in den Hosentaschen bewegten und es so aussah, als fasse er sich die ganze Zeit an die Eier.

Sein Job verriet sich sogar in seinem neutralen Tonfall. »Weshalb hat man ihn nicht nach Neuquén gebracht?«

»Weil unser Krankenhaus durchaus dazu in der Lage ist, ihn zu versorgen«, erwiderte der Arzt.

»In Neuquén …«

»In diesem Krankenhaus versorgen wir jeden, egal, ob es sich um einen Mapuche oder einen Polizisten handelt. Glauben Sie das etwa nicht?«

Der Mann zuckte mit den Schultern und hob kaum den Kopf, um dem wütenden Arzt zu erwidern: »Ich wollte damit sagen, dass wir in Neuquén bessere Möglichkeiten haben, ihn zu identifizieren.«

Eine endlose Minute lang scharrte die Krankenschwester in der Stille mit den Füßen und zwang den Arzt so, zwei Schritte zurück zu machen.

»Ich wusste nicht, dass Sie an der Identität von Márquez Zweifel haben.«

»Sind Sie denn sicher, dass Ihr Patient Márquez ist? Wenn dem so ist, habe ich ein Problem weniger.«

Der Arzt drehte sich zur Krankenschwester um, und die beiden sahen sich einen Moment lang an, um sich gegenseitig einer Sache zu versichern, die sie gar nicht wussten. Dann versuchte er, ehrlich zu sein und sich hilfsbereit zu zeigen.

»Nein, er ist noch immer bewusstlos und wir haben keine Beweise. Es passt nur alles; der Ort, der Unfall, alles … Aber der Kollege von der Einheit hier konnte keine Fingerabdrücke nehmen, und eine andere Technik haben wir nicht.«

»Ja, das dachte ich mir schon ...«, sagte der Polizist und blickte ihn kurz an, wie um ihm die Schuld zu geben, dass er nicht verlegt worden war.

»Wer soll das denn sonst sein, wenn nicht Márquez?«, ging die Krankenschwester zum Gegenangriff über, bereit, sich schützend vor den Patienten zu stellen.

Der Mann von der Bundespolizei verzog sein Gesicht zu einem leichten Grinsen.

»Sie ahnen ja gar nicht, wie sehr ich es begrüßen würde, wenn das Márquez wäre. Und wenn er wach wäre, um ihn zu einer bestimmten Person zu befragen, nach der wir suchen.«

»Hat das etwas mit der Anzeige von den Mormonen zu tun?«

»Wie ich sehe, sind Sie im Bilde«, sagte er mit leicht gelangweiltem Missfallen.

»Ich verstehe nur nicht, was die Bundespolizei mit dieser Sache zu tun hat; die Márquez haben nicht im Reservat gelebt«, insistierte die Krankenschwester, als sähe sie den vorwurfsvollen Blick ihres Chefs nicht.

»Sehen Sie«, sagte der Bundespolizist, senkte den Kopf noch tiefer und gab seinen Worten damit ein solches Gewicht, dass die Dicke automatisch auf seiner Seite war, »ich gehe hier zusammen mit der Polizei einer Sache auf dem Pass von Moquehue nach; Drogenschmuggel nach Chile, verstehen Sie? Und wenn die Person, nach der hier gefahndet wird, im Pick-up mit Márquez gesessen hat, müssen wir das wissen.«

»Ein Drogenhändler?«, fragte der Arzt.

»Von allem ein bisschen. Mehr noch sind es Betrugsdelikte wegen gefälschter Papiere, aber in letzter Zeit hat er wohl mit Medikamenten gehandelt.«

Mit der Gewissheit, mehr Erklärungen als nötig gegeben zu haben, starrte der Bundespolizist wieder auf das Bettgestell, zog dann eine Hand aus der Hosentasche und zeigte mit dem ausgestreckten Finger auf den reglosen Körper.

»Ich weiß nicht ...«, sagte der Arzt irritiert. »Wenn Sie mir eine Nummer dalassen, rufe ich Sie gerne an, sobald er wieder bei Bewusstsein ist.«

»Er sieht nicht aus wie der auf dem Zeitungsfoto«, sagte der Mann, ohne den Finger herunterzunehmen. »Er hatte nicht diesen Verband im Gesicht.«

»Diese verdammten Journalisten ...«, zischte die Dicke, »sie halten sich für so schlau, und am Ende richten sie nur Unheil an.«

»In der Eile haben sie sich vertan und den anderen Patienten fotografiert«, erklärte der Arzt, wobei er auf mein Bett zeigte.

Als sich die drei mir zuwandten, musste ich gegen den Impuls ankämpfen, die Augen zu schließen; die Reaktion hätte ihnen verraten, dass ich sie durch den Spalt zwischen meinen geschwollenen Lidern beobachtete. Es war keine gute Nachricht, dass mein Foto in der Zeitung erschienen war.

»Er ist an der Bajada de los Mallines die Böschung hinabgestürzt«, erklärte der Arzt leise. »Er wird beobachtet. Er hat keine Brüche, aber zahlreiche Prellungen, und sein Körper ist zu neunzig Prozent gelähmt. Kann sein, dass er eine gestauchte Wirbelsäule hat oder durch das Trauma blockiert ist, wir wissen es nicht genau.«

»Aha … Es war noch jemand bei ihm, wenn ich mich richtig erinnere.«

Die Hände wieder in den Hosentaschen, wandte sich der Polizist dem Ausgang zu.

»Er hatte einen Beifahrer«, sagte der Arzt noch leiser, »der bei dem Unfall gestorben ist.«

Der Polizist stellte sich einen Moment lang an das Fußende meines Bettes und musterte das, was von meinem Gesicht übrig geblieben war, mit den stumpfen Augen eines Frettchens, das sein Opfer gefunden hat.

»Haben Sie ihn identifiziert?«

»Ihn ja, er ist ein Journalist aus Buenos Aires. Der Leichnam des anderen wurde direkt nach Neuquén überführt.«

»Aha …«, sagte der Polizist und zog eine Hand aus der Hosentasche, um sich an der Nasenspitze zu kratzen; dabei sah er mich unverwandt an, als könne er von meinen Blutergüssen die Antworten ablesen, die er suchte.

»Glauben Sie, dass er uns versteht?«

»Nein … das glaube ich nicht«, murmelte der Arzt und fragte sich, ob er nicht zu viel erzählt hatte. »Er ist zeitweise ansprechbar, aber er steht noch unter Schock.«

Ich konnte meinen Atem hören und achtete darauf, dass er gleichmäßig ging.

»Glauben Sie, dass der, der an der Bajada de los Mallines gestorben ist, die gesuchte Person sein könnte?«, fragte der Arzt. »Wenn Sie wollen, kann ich Ihnen Bescheid geben, wenn der Mann hier wieder ansprechbar ist.«

Der Polizist steckte die Hand wieder in ihr natürliches Versteck zurück und zuckte mit den Schultern.

»Daran habe ich noch gar nicht gedacht, aber es könnte

sein, warum nicht«, sagte er. Dann ging er, dicht gefolgt von den anderen.

Bevor sie die Tür schlossen, konnte ich hören, wie der Arzt seine anfängliche Ablehnung verteidigte.

»Verstehen Sie mich nicht falsch«, sagte er, »aber dieser Mapuche ist ein weiteres Opfer des Fortschritts. Ist Ihnen das klar? Wir nehmen ihnen ihr Land und ihre Bräuche weg, alles. Sogar ihre eigentlichen Namen haben sie verloren, wieso sollte er sonst Márquez heißen? Und jetzt scheinen sie sich auch nicht mehr gegen Krankheiten schützen zu können … jeder setzt ihnen alle möglichen Flausen in den Kopf.«

Das Einschnappen der Türklinke ließ das Gespräch verstummen. Ich atmete tief durch. Nach und nach brachte ich Ordnung in das Durcheinander, das mir zu schaffen machte.

Ich bewegte mich auf Messers Schneide. Wenn der Bundespolizist fand, dass meine Anwesenheit störte, würde er Himmel und Hölle in Bewegung setzen, damit man mich verlegte. Das durfte ich auf keinen Fall zulassen.

Vor allem weil mir das Gespräch zwei Dinge klargemacht hatte, und wie so oft handelte es sich um etwas Gutes und etwas Schlechtes. Das Gute: Sie wussten nicht, dass die verabreichte Medizin beim Chamäleon wie ein Wahrheitsserum wirkte, was mir einen Vorsprung verschaffte. Das Schlechte: Der Arzt wusste genauso wenig über meine Lähmung wie ich. Es gab dafür alle möglichen Gründe. Es konnte sogar einfach ein Spleen von mir sein.

Ich verfiel eine Weile in einen Dämmerzustand. Dann sammelte ich alle mir zur Verfügung stehenden Kräfte und wandte mich wieder meinem Bettnachbarn zu …

Pater Carlos bemerkte, dass Cacho gebannt auf die Hände des Mädchens starrte, das den Tee servierte, und er wusste, dass er ihn bremsen musste, weil sonst alles den Bach runterginge. Im Bruchteil einer Sekunde hatte er wie bei einer Explosion gesehen, was Cacho mit ihr anstellen könnte, und sein Atem hatte sich beschleunigt. Es gab keinen anderen Weg, als dieses Ungeheuer in seine Schranken zu weisen.

Die wollüstigen Bilder, die ihn befallen hatten, zerstoben angesichts dieser Gewissheit, und er kehrte zurück in die Wirklichkeit, an den Teetisch im dunklen Herzen des Hauses.

Der Tee war zu dünn, und die Vanillestangen wurden zwischen den Zähnen krachend zu Staub zermahlen, aber das Lavendelparfüm erfüllte die Düsternis mit einem alten Duft.

Der Raum war groß und mit dunklen Möbeln vollgestopft, auf denen nie jemand saß.

Diese toten Räume wurden nur selten geöffnet, und einer von ihnen war für die Besuche von Pater Carlos bestimmt. Dann deckte das schweigsame Mädchen einen Rattantisch mit allem, was zu einer Teezeremonie gehörte, wie Doña Rosa sie zu vollführen pflegte.

Carlos lächelte der Alten über seine Tasse hinweg zu, und sie erwiderte das Lächeln, als wüsste sie, woran er dachte. Die Frau hatte eine Decke der Mapuche, die er ihr als Geschenk mitgebracht hatte, über die Beine gelegt.

In der Ecke, in der sie beinahe den ganzen Tag dösend oder Spitzen häkelnd saß, hatte sie alles um sich versammelt, was ihr im Leben etwas bedeutete. Ein paar Fotos, aus denen leblose Augen blickten, ein bronzenes Kruzifix und ein vergilbtes Diplom, der erste Preis für ein paar Blumengebinde.

Es war seltsam. Dieses Diplom hatte bis zum Tod ihres Mannes und dem Fortgang ihrer Kinder in einer Truhe gelegen und sich erst dann einen Platz an der Wand erobert, als sie ganz allein war.

Man musste sich schon anstrengen, um unter der runzligen Haut und dem dünnen Haar, das ihren Kopf bedeckte, die Schönheit eines Mädchens zu entdecken, das einen leidenschaftlichen Dichter zu seinen Versen inspiriert und in den Selbstmord getrieben hatte.

Es war irgendwie rührend, dass die Frau dieses Stück Pappe, das wie Pergament aussehen sollte, über den langen Zeitraum zahlloser Geburten, Diners, Taufen und Todesfälle aufbewahrt hatte, bis sie sich endlich frei fühlte. (Eine Hommage an jenen Romantiker, der ihr mit diesem Papier seine Seele zu Füßen gelegt und sich am Tag vor ihrer Hochzeit in einem Fluss ertränkt hatte.)

»Es ist windig geworden, Pater. Ich habe mich nie an den Wind gewöhnen können«, sagte die Alte mit ihrem Vogelstimmchen. Ein Windzug drang durch die geschlossenen Fensterläden und bewegte die schweren Vorhänge.

»Niemand kann sich an diesen Wind gewöhnen, Rosa. Das gehört wohl zu den religiösen Tugenden, allerdings ist sie den Söhnen des Windes vorbehalten, das heißt unseren Landsleuten aus der Wüste«, erklärte Carlos mit dem Ausdruck eines Prälaten.

»Die Söhne des Windes … werden Wind ernten«, sagte die Alte und lachte über ihren eigenen Scherz.

»Sagen Sie das nicht, Rosa. Sie versündigen sich an der Heiligen Schrift.«

»Ja, Pater, Sie haben recht. Ich bin leichtfertig, aber ich meine es nicht böse. Die Ärmsten, in was für einer Einsamkeit sie leben«, die Alte machte eine vage Armbewegung, als wolle sie ein Gespenst verscheuchen. »Zumindest müssen sie nicht die vielen Autos ertragen, die an meiner Tür vorbeifahren.«

»Wohl wahr ...«

Carlos hatte genug davon, sie über den Verkehr schimpfen zu hören, den die modernen Zeiten bis vor ihr Fenster gebracht hatten. Als sie wieder davon anfing, hörte er einfach nicht mehr zu und achtete nur noch auf die eigenwillige Art der Alten, den Mund zu schließen, wenn sie zu reden aufhörte. Danach griff sie ein neues Thema auf, bei dem sie eine Zeit lang verweilte, sofern sie nicht auf ihre Schenkungen zu sprechen kam.

»Es gibt so viele sich selbst überlassene Landsleute in dieser Wüste«, sagte Carlos mit bitterer Miene und einer vor Ohnmacht brüchigen Stimme. »Sie sind auf ihre paar Schafe angewiesen und ertragen das Leben wie eine Strafe und nicht wie ein Geschenk Gottes.«

»Und sie haben so viele Kinder, als würden sie vom Himmel fallen und sich selbst ernähren können«, erwiderte Doña Rosa, die es müde war, immer dasselbe zu sagen. »Sie sind zu nachsichtig, Pater. Ich denke, so schlecht geht es ihnen gar nicht. Sehen Sie doch, wie viele Kinder sie haben, und die macht man nur auf eine Weise. Hat man Ihnen im Priesterseminar nicht das Märchen von den Bienen und den Blumen erzählt, Pater?«

Carlos lächelte und wedelte ergeben mit erhobenen Händen.

»Sie sind ganz die Alte, Rosa. Der Splitter im Auge des anderen …«

»Und nicht der Balken im eigenen?«, vervollständigte die Alte den Satz streitlustig. »Wenn Sie mir das Haus, das Porzellan und alles, was mich umgibt, vorwerfen wollen, kann ich nur sagen: Sollen Ihre Landsleute doch kommen und es sich holen.«

»Das würden Sie zulassen?«

»Natürlich nicht. Sie sollen es sich verdienen. Sollen sie doch eine Revolution machen, mein Haus anzünden und mich auf einem öffentlichen Platz aufhängen. Und Sie auch, Pater. Soldaten, Priester, Emporkömmlinge, die am Galgen zappeln, ein Strick nutzt sich nicht ab, und Kugeln sind zu teuer. Teufel auch!«

Doña Rosa wackelte mit dem Kopf wie ein gluckendes Pygmäenhuhn. Ein winziges Häkeltaschentusch wurde rasch gezückt, um zwei Tränen wegzuwischen, die ihr vor Lachen über die Wangen rannen.

»Rosa, es ist nicht zu glauben; Sie werden von Tag zu Tag kämpferischer.«

»Was wollen Sie, Pater Carlos, das liegt mir im Blut, auch wenn es ein bisschen spät dafür ist. Mein Vater war Anarchist. Ich habe es Ihnen doch erzählt, nicht wahr? Sagen Sie es mir ruhig, denn ich möchte nicht zu diesen lästigen Alten gehören, die fortwährend dasselbe erzählen.«

»Wir sind Freunde, Rosa, ich höre Ihnen gerne zu.«

»Guter Junge … Wenn Gott eine solche Nervensäge ist wie ich, haben Sie sich bereits einen Platz zu seiner Rechten verdient. Ein Gläschen Kirschlikör, Pater?«, fragte Doña Rosa. Ohne die Antwort abzuwarten, läutete sie ein Silberglöckchen mit einem hellen und durchdringenden Ton.

»Als ich ein kleines Mädchen war, schaffte mein Vater Lebensmittel in die Kordilleren, und auf dem Rückweg brachte er die Karren bis obenhin mit Wolle beladen zurück. Sie hatten hohe Räder wie diese Lastwagen, die draußen vor meinem Haus einen solchen Lärm veranstalten, als gäbe es keinen anderen Ort, wo sie entlangfahren könnten.«

Geräuschlos trat das Dienstmädchen aus der Dunkelheit neben den Rattantisch und nickte mit einem Flüstern, als die Alte ihren Wunsch äußerte.

Carlos wandte sich nach ihr um und sah, wie sie davonging. Die Dunkelhaarige war um die fünfzehn, hatte indianisches Blut und war in jeder Hinsicht am Erblühen. Ihr geräuschloses Erscheinen im Esszimmer verriet sie: Die Tür hatte keinen Lärm gemacht, weil sie sie nur angelehnt hatte, um ihnen zu lauschen. Außerdem hatte sie sich Zeit gelassen, auf das Klingeln zu reagieren, als käme sie aus der Küche oder ihrem Zimmer, das im hinteren Teil des Hauses lag. Diese Raffinesse war aufschlussreich und verdiente besondere Aufmerksamkeit.

Als Doña Rosa wenig später den Kirschlikör vor sich hatte, der in dem Gläschen wie purpurnes Öl glänzte, nahm sie ihren Faden wieder auf.

»Durch meinen Vater lernte ich meinen späteren Ehemann kennen, einen rechtschaffenen Spanier, der meiner Mutter gefiel, weil er nicht wie mein Vater war, glaube ich.«

Die Alte verzog das Gesicht, als erneut eine Brise durch die Fensterläden drang.

»Zum Glück tragen Sie, die Priester der Dritten Welt, keine Soutanen. Bei diesem Wind und dieser Hitze wäre das eine Qual.«

»Ich glaube, wenn ich sie tragen müsste, würde ich darüber stolpern und mir irgendwann den Hals brechen«, stimmte Carlos leise lachend zu, als handle es sich um einen Seminaristenscherz; er war sich des Mädchens, das hinter der Tür lauschte, wohl bewusst, und ein Teil seiner Inszenierung galt ihr. »Außerdem müsste ich dann ein Damenfahrrad benutzen ... und ich schwing mich lieber anders in den Sattel.«

Die Alte betrachtete ihn einen Moment lang über ihren Kirschlikör hinweg, aber sie konnte nicht genau feststellen, was in der Stimme ihres Beichtvaters auf einmal anders war; also vergaß sie es wieder und setzte ihre Geschichte fort.

»Nun ... wie ich bereits erzählt habe, Pater: Ich heiratete also den hübschen Spanier, wir eröffneten einen Laden, und meine Mutter zog bei uns ein. Mein Vater war mit seinen politischen Aktivitäten beschäftigt. Ich war sehr jung, und ich gewöhnte mich an den Laden, bis ich ihn richtig gern hatte, und ich genoss die Kinder und das Geld, das mein Mann in kurzer Zeit verdiente. Aber an den Wind habe ich mich nie gewöhnen können ...«

Mit ruhiger Hand schenkte Doña Rosa die Gläser voll und trank, verloren in einer Erinnerung, die sie traurig stimmte.

»Was ist mit Ihrem Vater geschehen?«

»Vater? Er kehrte während des Bürgerkriegs nach Spanien zurück, um sich von den Franquisten töten zu lassen«, sagte sie, und ein sanftes Lächeln umspielte ihre angespannten Lippen. »Er mochte meinen Mann nicht, und ich glaube, ich mochte ihn auch nicht. Nein, sagen Sie nichts, Pater, ich bin alt genug, um zu wissen, wann ich nicht sündige. Ich war ihm treu, ich habe seine Kinder zur Welt gebracht und mich um das Geschäft gekümmert; aber ich habe ihn nie geliebt. So ist das nun einmal; im Alter fühle ich mich meinem Vater nahe, und ich mag die Priester der Dritten Welt ...«

Eine Weile herrschte Stille. Carlos durchbrach sie mit einer Geste in Richtung der Mapuche-Decke, die die spitzen Knie der Frau bedeckte.

»Rosa, die Priester der Dritten Welt gibt es nicht mehr, die Kirche will sie nicht mehr haben. Das wissen Sie genauso gut wie ich. Aber die Verpflichtung Christi gegenüber den Armen ist deshalb nicht verschwunden.«

»Ich weiß, Pater, ich weiß. Denken Sie nicht, dass ich das vergessen hätte.«

»Es ist eine Sünde, die Armen im Stich zu lassen.«

»Vor allem jetzt, wo die ganzen Protestanten diesen Unglücklichen Flausen in den Kopf setzen. Wenn es nicht die Mormonen aus Nordamerika sind, dann eben andere, aber sie kommen von überall her wie die Ameisen und reden dummes Zeug.«

»Es gibt viele wohlmeinende Prediger, Rosa, wir können nicht alle in denselben Topf werfen.«

»Sagen Sie das nicht, Pater«, krähte sie und suchte nach etwas, das zwischen den Kissen verschwunden war. »Jeder Analphabet mit Krawatte und einer Bibel unterm Arm hält sich für einen Kardinal ... Sogar einer meiner Knechte auf der Farm ist Laienprediger bei irgendeiner Kirche geworden.«

»Na ja ...«

»Nichts na ja. Jahrelang haben Sie fleißig studiert, und jeder dahergelaufene Ureinwohner kann auf einmal Prediger werden, einfach so, weil ihn angeblich das Himmelslicht berührt hat. Kommen Sie, Pater, so großzügig kann man nicht sein, ohne sich zum Narren zu machen; Sie müssten öfter den Knüppel zum Einsatz bringen.«

»Rosa, diese Kirchendiener, diese Prediger und selbst die Spinner und Schaumschläger, die sich darunter befinden, geben den Armen, die nirgends respektiert werden, einen Teil ihrer Würde zurück. Die Knechte auf den Farmen, die Tagelöhner, die Mapuche, die irgendwo in der Pampa Ziegen halten; mit einer Bibel und einer Krawatte fühlen sie sich endlich wie Menschen, und sie sind Menschen. Verstehen Sie?«

»Schon, aber ich weiß nicht, worauf Sie hinauswollen.«

»Ich will sagen, dass diese Leute ihnen das geben, was die Kirche ihnen verweigert. Selbst die letzte protestantische Kirche ist demokratischer und egalitärer als unsere.«

»Sind Sie fertig, Pater Carlos?«, fragte die Alte, während sie mit beiden Händen den prallen Geldbeutel umklammerte, den sie zwischen den Kissen hervorgeholt hatte, und ihm einen durchdringenden Blick zuwarf, mit dem sie seine Gesichtsknochen einzeln zu zählen schien.

»Ich möchte Ihnen etwas sagen, das Sie nicht vergessen sollten. Ich will keine Demokratie in meiner Kirche, und Gleichheit auch nicht. Merken Sie sich das, Pater; niemand will diese Art von Demokratie. Ich will einen Gott, einen König und einen Hof. Und einen Priester, der meinen König repräsentiert. Ich will, dass jemand von Gottes Gnaden an der Macht ist, damit er mir sagt, was gut und was schlecht ist. Und das kann nicht irgendein dahergelaufener Ureinwohner mit Krawatte sein. Ich bin hier, um sie an ihren Platz zu verweisen. Seien Sie kein Dummkopf, und widersprechen Sie mir nicht.«

Ein trockener Husten schüttelte sie wie einen Sack Luft, und mit zitternder Hand griff die Alte nach ihrem Glas. Sie trank es in einem Zug leer und ließ sich mit rasselndem Atem und gesenkten Lidern in die Kissen zurücksinken. Ein paar Tropfen Likör schimmerten auf der Decke, bevor sie von ihr aufgesaugt wurden.

Alte Hexe, dachte Carlos.

Er betrachtete sie distanziert und zwiespältig, hin- und hergerissen zwischen Zuneigung und Abscheu, die dieses Wesen, das sich wie eine Zecke ans Leben klammerte, in ihm weckte. Für Momente liebte er sie wie eine alte Frau, der er bis zu ihrem Tod geistlichen Beistand leisten musste; den Rest der Zeit fühlte er sich wie eine Figur von Dostojewski, die ihren faltigen Hals maß mit dem Bedürfnis, sie eigenhändig zu erwürgen. Alte Hexe. Sie weiß ganz genau, was sie will …

Sie schwiegen eine Weile, bis die Frau die Augen öffnete und sich wieder aufrichtete, um noch eine Runde Kirschlikör einzuschenken.

»Verzeihen Sie meine Bosheit, Pater … Wie es scheint, bin ich in einigen Dingen keine gute Republikanerin.«

»Rosa«, lächelte Carlos, »Sie sind unverbesserlich. Aber das ändert nichts daran, dass Sie ein Herz aus Gold haben.«

»Das müssen Sie mir nicht sagen. Ich habe Geld, von dem nicht einmal meine Kinder etwas wissen, also lassen Sie mich Ihnen helfen.«

Carlos rutschte unruhig auf dem Stuhl hin und her und streckte ihr abwehrend und zugleich ergeben die Handflächen entgegen.

»Sie tun schon eine Menge, indem sie mir das Haus mit dem Laden als vorübergehende Unterkunft für unsere Landsleute zur Verfügung stellen.«

»Das zählt nicht, Pater Carlos; kaum zu glauben, dass diese armen Teufel den Gestank nach Fledermausdreck ertragen, der alles durchdringt. Ich möchte Ihnen Geld geben. Tun Sie einfach so, als würde ich Ihnen die Decke, die Sie mir als Geschenk mitgebracht haben, abkaufen, und noch irgendwas. Nehmen wir einfach mal an, ich tue das im Namen meines Vaters.«

»Wenn das so ist, habe ich nichts dagegen einzuwenden. Gott segne die Seele Ihres verstorbenen Vaters.«

»Er war Anarchist«, erinnerte ihn die Alte, während sie ihre Geldbörse öffnete.

»Gott vergisst die guten Menschen nicht, die für Gerechtigkeit im Königreich auf Erden gekämpft haben, nur weil sie sich Anarchisten nannten.«

»Sehen Sie, warum man noch als Tattergreisin eine Revolutionärin sein kann? Wegen solcher Priester, wie Sie einer sind, Pater«, sagte die Frau und legte Carlos eine Rolle Geldscheine in die Hand. »Gehen Sie jetzt, und kümmern Sie sich um Ihre Angelegenheiten, Sie haben schon zu viel Zeit mit dieser nutzlosen Alten verschwendet. Außerdem muss ich ein Schläfchen halten; ich bin müde. María wird Sie zur Tür begleiten.«

Die Alte läutete die Glocke und verabschiedete sich von ihm mit einem kurzen Wedeln des Taschentuchs. Dann lehnte sie sich in die Kissen zurück und schloss unter dem Segen ihres Beichtvaters die Augen.

Carlos hielt einen Moment inne, lang genug, um zu sehen,

wie die Alte in einen leichten Schlaf sank. Dann wandte er sich zum Eingang des Salons und verließ ihn mit leisen Schritten. Das Mädchen wartete draußen auf ihn und lief vor ihm her durch die Diele und die Vorhalle bis zum Eingang.

Dort blieb Carlos stehen und blickte ihr tief in die dunklen Augen. Das Mädchen wurde rot und senkte den Blick.

»Ich würde gerne etwas trinken. Könntest du mir in der Küche ein Glas Wasser geben?«

»Natürlich, kommen Sie …«, sagte sie, ohne den Blick zu heben.

Carlos schloss die Eingangstür so laut, dass Doña Rosa annehmen musste, er sei gegangen, und ging mit ihr zurück.

Als sie den langen Innenhof durchquert hatten und die Küche neben dem Schlafzimmer des Mädchens betraten, stellte sich Cacho dicht vor sie hin.

»Du heißt María?«

»Nein, Pater … Elisea.«

»Dachte ich mir doch, dass es eine Marotte der Alten ist, dich María zu nennen.«

»Ja, eine Marotte von Doña Rosa. Und zu Hause nennt man mich Eli …«, murmelte sie und reichte ihm das Glas Wasser.

»Eli …«, sagte Cacho und nahm ihre zitternde Hand. Ein Name zum Küssen. »Hab keine Angst, Eli. Es gibt nichts, wovor du dich fürchten müsstest … Zeig mir dein Zimmer.«

Pater Carlos sah unbeteiligt zu.

Sieben

Er schloss die Zimmertür im einzigen Hotel am Ort und machte das Licht an. Ein Geruch nach Desinfektionsmittel und überall Spuren namenloser Gäste. Er warf den Aktenkoffer und die Tasche mit den eilig in einem Supermarkt neben dem Hotel zusammengekauften Sachen auf das Bett: eine Zahnbürste, Zahnpasta, ein Päckchen Salzgebäck und eine Flasche argentinischen Whisky. Dann zog er die Krawatte und das Jackett aus und befreite sich vom Gewicht des Halfters und der Pistole, die er am Gürtel trug. Er ging ins Bad, um sich frisch zu machen und das unvermeidliche Glas mit Kalkflecken zu holen, das neben dem Spiegel stehen würde.

Er hatte nicht die Kraft gehabt, bis zu seiner Unterkunft in Moquehue durchzufahren. Er musste es herausfinden, und wenn er ein wenig Abstand gewonnen hätte, würde er vielleicht gar nicht mehr dorthin zurückkehren.

Mit nass glänzendem Gesicht, das nicht trocknen wollte, öffnete er das Fenster, um frische Luft hereinzulassen; wie erwartet, war es kühler geworden. Er musste sich sammeln, und während er auf der Bettkante saß, versuchte er, an nichts anderes zu denken als an die Wärme des Alkohols, der durch seine Kehle rann.

Als er sich zum zweiten Mal einschenkte, sagte er sich, dass es nun an der Zeit sei, und mit einem Ruck öffnete er den Aktenkoffer und kippte den Inhalt auf das Bett; die Haftbefehle mit dem Stempel der Bundespolizei, mehrere Polizeifunkberichte und eine Zeitung, die auf der Seite aufgeschlagen war, auf der sich das Foto befand, das angeblich den Mörder Márquez zeigte. Das falsche Foto, das wie fallende Dominosteine Gesichter begrub, bis nur noch eins übrig war: das von der Frau, die mit dem Gesicht zur Wand weinte.

Sie hieß Mabel. Sie war eine Guerillera gewesen und hatte stets den Eindruck eines verschreckten Vogels gemacht, was nicht ihren Taten entsprach. Als man sie in den »Keller« geschickt hatte, war sie der Schützling eines Marineoffiziers gewesen und hatte zu der Gruppe der »Überläufer« gehört, die sich um Papierkram und Ausweise kümmerte. Das war im Sommer gewesen, vor der Fußballweltmeisterschaft, und er hatte Mühe gehabt, diesen Zusammenhang zu begreifen. Der Comisario, der den Haufen anführte, zu dem sie gehörte, hatte es ihm mit einem obszönen Beispiel erklärt; sie sei so etwas wie die Kriegstrophäe des Kommandanten.

Mabel. Weshalb erinnerte er sich ausgerechnet jetzt an sie, nach so langer Zeit, wo das Einzige, was er bislang nicht hatte vergessen können, der Geruch war? Dieser Geruch nach Niederlage und Angst, nach einem Tier in der Falle, der den »Keller« erfüllte. Eine unvergessliche Mischung aus Schweiß, Kloake, Feuchtigkeit und Schiffsfarbe.

Erst danach war ihm klar geworden, dass es der größte Irrtum seines Lebens gewesen war, zu dieser Zeit an diesem Ort zu sein. Es war einer dieser Irrtümer, von denen es heißt, dass man nur einmal im Leben die Gelegenheit hat, sie zu begehen, und dass von da an alles anders sein würde. Er war jung gewesen und ehrgeizig und überzeugt, dass man den Krieg gegen die roten Horden nicht gewinnen konnte, ohne sich dabei die Finger schmutzig zu machen. Was für ein Krieg? Wo waren die Helden dieses Krieges? Er gehörte mit

Sicherheit nicht in diese Kategorie. Und falls es einen gab, fragte er sich, ob dieser sich nicht mit seinen Medaillen zu den stummen Toten geflüchtet hatte.

Vielleicht weil die Vorsicht ihm gebot, einen Umweg zu machen, rief er sich diesen Ort und diese Zeit, die er mit niemandem teilen konnte, nur zögernd ins Gedächtnis zurück.

Der »Keller« war ein Frachtschiff im Besitz der Marine gewesen, das am Flussufer gelegen hatte. Die Kommandomitglieder anderer Einheiten hatten sich darüber lustig gemacht und behauptet, dass dort alles, was sich bewegte, militärisch gegrüßt, und alles, was sich nicht bewegte, fortwährend gestrichen wurde. Es hatte kaum einen Tag gegeben, an dem man nicht irgendeinen Gefangenen gesehen hatte, der die öliggraue Farbe der engen Zellen erneuerte, die entlang einer fensterlosen Wand errichtet worden waren.

Er hatte schnell begriffen, dass die Regeln streng waren und nichts mit dem Alltag an Land zu tun hatten.

Zum einen gab es sie, die »Kommandos«, die aus einer merkwürdigen Mischung aus Marinesoldaten, Polizisten, Strafgefangenen und den sogenannten »Federicos«, wie die von der Bundespolizei genannt wurden, bestanden. Dann waren da die Gefangenen, das Kanonenfutter. Und irgendwo dazwischen befanden sich die »Überläufer«, die Gefangenen, die die Fronten gewechselt hatten und aufgrund einer geheimen Spielregel manchmal mehr Macht besaßen als die »Kommando«-Mitglieder. Sie mischten bei jeder Drecksarbeit mit, stets mit der Wut dessen, der eine alte Schuld zu begleichen hat.

Nicht alle, um genau zu sein. Mabel, der verschreckte Vogel, schlug und folterte nicht; sie beschränkte sich darauf, die

Verhöre zu tippen. Stundenlang transkribierte sie die Bänder. Stundenlang hörte sie sich die Fragen und die Schreie der Verhörten an. Eine Arbeit, die keiner machen wollte. Die »Sekretärin des elektrischen Knüppels«, hatte sie irgendein Arschloch getauft.

Kollaborateure gab es nicht viele. Fünf oder sechs, die die Seiten gewechselt hatten, um ihr Leben zu retten, doch mussten sie jeden Tag aufs Neue etwas dafür tun. Er verachtete sie. Und er war überzeugt, dass sie, egal, was sie taten, trotzdem Todeskandidaten waren. Sie wussten einfach zu viel.

Die »Überläufer« hatten sich im hintersten Winkel des »Kellers« einen relativ großen Raum unter den Nagel gerissen. Dieser Raum, ein L mit einer Schräge auf der Seite mit der kürzesten Stütze, war entstanden, als jemand die Zellenwände mit mehr Kraft als Verstand montiert und für die Treppe keine Lösung gefunden hatte.

An seinem ersten Diensttag, nachdem er von einer ergebnislosen Jagd zurückgekommen war, weil die Guerilleros mit Arsenkapseln Selbstmord begangen hatten, geriet er, auf der Suche nach der Küche der »Kommandos« und einem Kaffee, aus Versehen in diese Höhle unter der Treppe. Drei saßen an einem Tisch und spielten Monopoly. Betretene Stille machte sich breit, als sie ihn sahen. Es gab die stillschweigende Übereinkunft, dass niemand außer ihnen den Raum betreten durfte.

Er fühlte sich fehl am Platz und war versucht, sich zu entschuldigen. Es hätte genügt, wenn er wortlos die Tür zugemacht hätte.

Doch auf einmal überfiel ihn ein Hass, den er schon auf der Akademie genährt hatte. Er straffte die Schultern, warf einen verächtlichen Blick auf die an den Wänden stehenden Betten und die bunten Plakate, die auf dem grauen Anstrich hervorstachen, und verließ den Raum mit einer Bewegung, als wollte er auf den Boden spucken.

Er wusste es nicht, aber mit dieser Geste hatte er sich schlimme Feinde gemacht. Vor allem einen. Ein Mann seines Alters, der die uneingeschränkte Unterstützung seitens der Obersten genoss. Er war wegen seiner Fähigkeit, sich als Soldat, Guerillero, Priester oder sonst jemand auszugeben, als das Chamäleon bekannt und ließ sich von den Gefangenen mit Leutnant Cacho anreden.

»Arschloch …«, murmelte der Bundespolizist und strich sich mit fast zärtlicher Geste über das schüttere Haar. Der scharfe Geschmack des Whiskys tat sein Möglichstes, um den eher eingebildeten Geruch nach Mundwasser und Zahnpasta zu überdecken, nach dem das Glas roch. Ein guter Grund, es noch einmal zu füllen.

Sogar der Kommandant ging äußerst vorsichtig mit allem um, was Leutnant Cacho betraf, der ziemlich intelligent und zu verrückt war, um einfach nur ein Gefangener zu sein. Er genoss seine Rollen, seine Inszenierungen, seine tausend Kriegsnamen und vor allem seine fast uneingeschränkte Macht.

»Er hat sich darin gesuhlt wie ein Schwein …«, grummelte er, durchwühlte voller Wut das Jackett nach Zigaretten und zündete sich eine an.

Einmal war der Befehl zur Verlegung ergangen, und elf oder zwölf der Gefangenen warteten, auf dem Boden sitzend, mit auf dem Rücken gefesselten Händen und einer blutgetränkten und schmutzigen Kapuze auf dem Kopf. Wie immer hatte man ihnen gesagt, dass man sie in ein Gefängnis bringen und als offizielle Gefangene registrieren würde, doch der Angstgeruch schwängerte die Luft, und einer von ihnen, den man wegen der schmutzigen Kapuzen, die ihre Köpfe bedeckten, nicht identifizieren konnte, weinte. Sie wollten gerne glauben, was man ihnen erzählte, aber im Grunde wussten sie, dass sie bereits so gut wie tot waren. Der Instinkt trügt selten.

»Die Hoffnung stirbt zuletzt ...«, sagte er sich und musste sich eingestehen, dass er ein wenig betrunken war. »Er hat sich als Priester ausgegeben, dieses Schwein, und sie aus reinem Vergnügen zum Weinen gebracht.«

Bestimmt hatte er die Soutane aus den erbeuteten Sachen, die nach jedem Kommandoeinsatz im »Keller« landeten. Damit bekleidet und mit einem Rosenkranz aus Holz in der Hand, beugte sich das Chamäleon über jeden Gefangenen, um ihm seinen Beistand aufzuzwingen und jeden Widerstand zu brechen. Es war, als würde er sie vergewaltigen, aber auf eine schlimmere Weise als auf die rein körperliche.

Ein weiterer Vorfall, um dieses miese Chamäleon namens Leutnant Cacho zu hassen. Denn anstatt sie einfach in Ruhe und ihnen das letzte Restchen Würde zu lassen, das ihnen neben dem Schmutz und der Niederlage geblieben war, machte er ihnen vergeblich Hoffnungen. Nein, er hasste ihn nicht nur deswegen. Da war auch etwas Persönliches. Das mit dem Spitznamen, den er nicht mehr loswurde: die Filzlaus.

In seiner Begeisterung darüber, ein geheimer Kämpfer zu sein, ein Held des schmutzigen Krieges, hatte er sich einen klangvollen, nicht zu übertriebenen Kriegsnamen ausgesucht, der seinen Stolz, der Bundespolizei anzugehören, zum

Ausdruck bringen sollte. Er wollte sich »Federico« nennen. Doch das Chamäleon machte ihm einen Strich durch die Rechnung, als es ihn, wegen seiner Marotte, die Hände in den Hosentaschen zu vergraben und sich gedankenlos zu kratzen, Filzlaus nannte.

Ein durchdringendes und wiederkehrendes Geräusch bahnte sich einen Weg in seine Erinnerungen und brachte ihn zurück in den Raum mit dem Geruch nach Desinfektionsmittel. Irgendwo in dem Durcheinander auf dem Bett klingelte sein Mobiltelefon.

Es war die Polizei von Moquehue. Sie hatten an der chilenischen Grenze den gesuchten Pick-up gestoppt. Die Papiere waren gefälscht, und er war voll besetzt gewesen mit Indianern, die den Mund nicht aufmachten. Nein, ein weißer Mann sei nicht dabei gewesen. Nein, sie sollten nicht auf ihn warten, weil er wieder ins Krankenhaus müsse. Nein, es sei alles in Ordnung, aber er sei zu müde, um zurückzufahren.

Er hatte das Mobiltelefon bereits auf das Bett geworfen, als er erneut danach griff, um seinen Gesprächspartner von eben anzurufen.

Er musste einen Augenblick warten, bis die Person, der er den Auftrag erteilt hatte, ranging.

»Ich muss Sie um einen Gefallen bitten …«, lallte er mit schwerer Zunge, während sich das Zimmer um ihn zu drehen begann. »Sie haben die Unfallstelle von der Bajada de los Mallines gesehen … Sie haben den Toten doch nach Neuquén gebracht. Setzen Sie sich bitte mit jemandem dort in Verbindung, damit man umgehend seine Identität feststellt. Ja, natürlich, geben Sie mir so schnell wie möglich Bescheid. Nein, sicher bin ich mir nicht, es ist nur ein Verdacht, aber es könnte mit den Indianern zu tun haben. Ja, selbstverständlich, ich bin Ihnen etwas schuldig ... keine Sorge, wir von der Bundespolizei merken uns so etwas.«

»Blöde Fettärsche«, murmelte er auf dem Weg ins Bad, wo er hoffte, sich übergeben zu können. Danach wollte er eine kalte Dusche nehmen. Er fasste den Entschluss im selben Moment, in dem er es aussprach: Er musste noch einmal ins Krankenhaus.

Als er sich des letzten Kleidungsstückes entledigt hatte, sah er auf einmal Mabel vor sich, die mit dem Gesicht zur Wand weinte, und sich selbst, wie er ihr eine Hand auf die Schulter legte. Doch die Erinnerung verlosch ganz plötzlich, als das eiskalte Wasser auf seinen Kopf prasselte.

Acht

Ich muss im Schlaf gestöhnt haben. Benommen sah ich die Krankenschwester, die etwas in die Infusion spritzte. Ein Blitz durchzuckte mich, und die Frau wurde zu einem chinesischen Schattenspiel, dessen Umrisse sich auf dem Journalisten abzeichneten, den sie selbst oder ihr Alter Ego aus dem Zimmer schubste.

Ich versuchte, meine Schläfrigkeit abzuschütteln, aber es gelang mir nicht. Ich hatte geträumt, ich sei geflogen und hätte dabei ängstlich auf dem Flügel eines grauen Flugzeugs gesessen. Ich bemühte mich, mich am glänzenden Metall festzuklammern, um nicht hinunterzufallen, meine Hände bluteten. Unten wartete ein bleiern schäumendes Meer mit tausend hungrigen Schlünden auf mich, und der Wind blies mir ins Gesicht und erstickte meine Schreie. Das Schwindelgefühl und die Überzeugung, dass mein Bett flog, führten zur Katastrophe und nahmen mir den Atem. Vielleicht waren die Worte der Dicken ein Teil meines Traums: »Er hat sich bewegt, Doktor, ich schwöre Ihnen, er redet und bewegt sich.«

Ich weiß nicht, was passiert ist, aber mir tut der ganze Körper weh, und allein mein Stolz hält mich davon ab, loszuheulen.

Ich muss durchhalten. Trotz der Überzeugung des netten Doktors, dass das Chamäleon hier gut versorgt wird, wird es ihnen bald wegsterben. Und ich muss unbedingt seine Geschichte erfahren, bevor das geschieht.

Ich brauche meine Hände, auch wenn sie ganz wund sind

vom Metall des Flugzeugs, an das ich mich klammere, um nicht ins Leere zu stürzen.

Im Traum brach alles über mir zusammen. Als stürzten sämtliche Regale ein, und die Erzählungen des Chamäleons mischten sich mit den Erinnerungen an mein erbärmliches Leben.

Jedes Mal, wenn ich die Augen schließe, um dem grellen Licht zu entgehen, das meinen Kopf martert, sehe ich den Mann vor mir, der an der Bajada de los Mallines abstürzte. Das Gesicht ist verdeckt, ein paar Züge, die sich unter einer Kapuze aus schmutzigem, in der Nacht vielleicht dunkel wirkendem Stoff abzeichnen und die sich gespenstisch bewegt, wenn er atmet. Er redete die ganze Zeit, als wollte er die Stille übertönen. Und ich lauschte ihm mit der Aufmerksamkeit von jemandem, der zum ersten Mal ins Kino geht; mit der Gier eines Schwamms.

Nein. Er hörte mir zu, als wolle er jedes einzelne Wort und jede meiner Gesten auswendig lernen.

Es stimmt schon, ich redete viel, wir beide redeten viel. Ich möchte gar nicht an die Geständnisse denken, die wir uns gegenseitig machten. Ein mit Alkohol abgefüllter Versager ist meistens gesprächig bis zum Überdruss.

Ich habe Kopfschmerzen, und da draußen vor der Tür machen ein paar einen drauf.

»Arschlöcher. Glaubt ihr etwa, ich bin ein verdammter Indianer?«, versuchte ich zu schreien, aber alles, was ich zustande brachte, war ein Zähneknirschen. Zorn überkam mich.

Der sinnlose Wutausbruch tat mir gut. Das Adrenalin verscheuchte die Müdigkeit, und eine Zeit lang konnte ich mich mit dem Chamäleon unterhalten.

Ich erfuhr nicht viel. Ich fragte ihn alles Mögliche, doch er ging nicht darauf ein. Er hörte mir kaum noch zu. Er verliert sich in seiner eigenen Welt, und ich muss mir das Hirn zermartern, um die einzelnen Puzzleteile zusammenzusetzen.

Zum Glück war es diesmal einfach. Ich begriff recht schnell, dass er davon erzählte, wie er sich als Krankenhausarzt ausgegeben hatte. Zum Teufel mit dem Kerl! Ich könnte schwören, dass er die Grenzen nicht mehr wahrnahm, wenn er eine Rolle spielte, und dass er nicht einmal selbst mehr wusste, wer er war. Das ist schon eine Begabung …

Er berührte die Schulter der Alten, die den Rosenkranz betete, und trat hinter den Wandschirm. Sie erwiderte die tröstende Geste mit einem dankbaren und würdevollen Blick.

Der Sterbende war ein alter Mann mit einem von Runzeln übersäten Gesicht, verbraucht von Jahrzehnten der Arbeit unter freiem Himmel. Sein Atem hob kaum die Laken auf seiner Brust; aus diesem Schlaf würde er nicht mehr erwachen.

Pater Carlos beugte sich über den Körper und küsste seine Stirn. Dann faltete er die Hände und bewegte kaum die Lippen zum stummen Gebet.

Er bemerkte, wie ihn durch die Spalten des Wandschirms die Angehörigen des Alten beten sahen, und vielleicht dankten sie Gott, dass er ihnen einen Priester geschickt hatte.

Sollten sie doch glauben, was sie wollten. Pater Carlos betete in Wahrheit dafür, dass die Seele des alten Tagelöhners diesen hinfälligen Körper verließ, wie ein toter Fisch am

Meeresufer angeschwemmt wird, und in eine andere Welt eintrat. Eine Welt, die besser sein musste als die, die er kennengelernt hatte.

»Sonst hat das alles sowieso keinen Sinn«, murmelte der Priester. »Vater unser.«

Er legte den Daumen über den Zeigefinger und zeichnete ein Kreuz auf die Stirn, den Mund und ein drittes auf das Herz des Alten. Dann ging er geräuschlos zu der alten Frau zurück, die stumm, den Rosenkranz zwischen den verkrampften Fingern, vor sich hin weinte.

»Der Herr sei mit ihm ...«

»Es schmerzt uns, Pater, es schmerzt uns zutiefst. Er war so gut ...«

»Gewiss war er ein guter Mensch«, stimmte Carlos mit einem aufmunternden Lächeln zu. »Behalten Sie ihn so in Erinnerung, wie er war, und vergeben Sie ihm seine Sünden. Gott hat ihm bereits verziehen.«

»Er war so gut ... Wir sind aus Chiloé hierher gekommen, Pater, schon vor langer Zeit. Bestimmt kennen Sie es ...«

Die Alte hatte einen leichten chilenischen Einschlag wahrgenommen und meinte, in ihm einen Landsmann zu erkennen. Carlos ließ sie in dem Glauben; das war ihm schon ein paarmal passiert und hatte ihm bisher immer zum Vorteil gereicht.

»Die Welt ist groß ... und so fremd«, sagte er mit einem kurzen traurigen Lächeln, das von schmerzhaften Erlebnissen zeugte. »Sie müssen jetzt stark sein. Sie dürfen den Glauben nicht verlieren.«

Als er die Alte verließ, trat einer der Söhne mit gesenktem Blick zu ihm. Es war eine Schlussszene, die schon vor langer

Zeit geschrieben worden war, und sie sollte sich bis ans Ende aller Tage wiederholen.

»Wir sind einfache Arbeiter, Pater. Und Sie wissen ja, auf den Landgütern wird man schlecht bezahlt …«

Der Mann war jung, gezeichnet von einem Leben, das er sich mit Alkohol erträglicher machte. Noch einer, der sich die Füße wund lief auf einem Weg, der ihn ebenfalls in ein Krankenhausbett hin zu einem erlösenden Tod bringen würde.

Carlos blieb einen Moment lang stehen, und der Mann legte ihm eine Rolle Geldscheine in die Hand.

»Für die Armen, Pater …«

»Danke, Gott wird es dir vergelten«, antwortete er ihm und streckte eine Hand aus, bis sie sacht seine Stirn berührte.

Dann machte er sich wieder auf den Weg, nahm die Röntgenaufnahmen, die er auf das Bett gelegt hatte, und verließ den großen Krankensaal, wobei er seinen Schritt beschleunigte, als er über die Schwelle trat.

Wachsam gegenüber dem leisesten Anzeichen von Gefahr näherte sich Gómez dem Empfang und wandte sich an die Frau im weißen Kittel, die am meisten beschäftigt war.

»Ist Post für mich da?«

»Tun Sie mir bitte den Gefallen und schauen Sie selbst nach, Herr Doktor?«, sagte die Frau, die gleichzeitig mit einem Stapel Krankenakten kämpfte und zu telefonieren versuchte.

Mit verständnisvoller Miene ging Gómez um den Tresen herum und trat an den Schreibtisch, wo sich zwischen Mappen, Arztbroschüren, Papieren und Dutzenden von Stempeln Briefe stapelten.

Solange er sich in diesem Chaos wie selbstverständlich bewegte, würde niemand von ihm Rechenschaft verlangen. Alles lief so gut, dass er der Versuchung nicht widerstehen konnte, noch einen Schritt weiterzugehen.

Er zog den Rezeptblock aus der Hosentasche und stempelte eine Reihe von Blättern. Er benutzte zwar lieber seine eigenen Stempel, aber er konnte sich die Gelegenheit nicht entgehen lassen. Orlandos gescheiterter Versuch hatte ihn in Alarm versetzt.

Es war dieselbe Art von Alarm, die ihn dazu veranlasste, über die Schulter zu schauen, um die Schwester des verunglückten Fleischers zu entdecken, die den Flur entlangging. Bestimmt suchte sie die Röntgenabteilung, und das mit einem Unmut, den ihr maskenartiges Make-up nicht vertuschen konnte.

In Sekundenschnelle hatte Gómez das Geld der Frau aus dem Umschlag gefischt und die Röntgenbilder in einen Ablagekorb geworfen. Dann stürzte er zur Tür, die zur Zufahrt der Rettungsfahrzeuge führte.

Als Cacho die Straße erreichte, warf er die Hülle des Doktor Gómez ab.

Er ging mit ausholenden Schritten und atmete in tiefen Zügen; er konnte den stimulierenden Geruch eines Jagdhunds, der seine Spur aufgenommen hatte, wahrnehmen.

Er hatte kein schlechtes Geschäft gemacht. Wie vorherzusehen war, hatte die Fleischerin nur die Hälfte des genannten Betrags lockergemacht; aber mit der milden Gabe der Tagelöhner war ein Sümmchen zusammengekommen, das das Risiko rechtfertigte.

Er hatte einen Bärenhunger, und ihm fiel ein, dass es an

diesem Wochentag in seinem Stammlokal Innereien gab. Das Wasser lief ihm im Mund zusammen, und er beschleunigte seinen Schritt, denn vor dem Essen musste er noch etwas erledigen …

Wenige Blocks weiter entdeckte er die Apotheke, die er suchte. Weder er noch Orlando waren jemals dort gewesen, und er vertraute darauf, dass es sich bei seinen anderen Kunden genauso verhielt. Es war also der geeignete Ort, um zu überprüfen, bis zu welchem Punkt sich die Dinge entwickelt hatten.

Er blieb zwei Straßen weiter stehen, und an einem Fensterrahmen füllte er eines der Rezepte aus, die er abgestempelt hatte. Alles war in Ordnung, als er es an der Ausgabe einlöste.

Der Apotheker musterte ihn einen Moment lang, bevor er zur Kasse ging und etwas zwischen den Papieren suchte. Über seine bifokale Brille hinweg betrachtete er ihn mit leicht gesenktem Kopf von der Seite. »Wie alt ist der Patient?«

»Es ist für meine Mutter …«, antwortete Cacho gewohnheitsmäßig. »Die Tabletten wirken fast nicht mehr, aber der Arzt meint, dass es nichts Besseres gibt. Mein Großvater hatte dieselbe Krankheit … Eine Erbsache, wie es scheint.«

Der Mann betrachtete ihn mit schlecht getarntem Mitleid, und nachdem er den Stempel mit einer getippten Liste abgeglichen hatte, schloss er die Schublade und drehte sich zu den Regalen um.

»Ist es teurer geworden?«

»Nein …«, sagte der Apotheker, der mit dem Medikament zurückkehrte. »Ein Rundschreiben der Polizei. Anscheinend hat man einen falschen Arzt erwischt, der dieses Mittel verschreibt. Es heißt, zusammen mit Alkohol wirke es euphorisierend, sogar wie ein Aphrodisiakum. Offenbar wird es an Drogenabhängige oder auf illegalen Partys weiterverkauft. Sie wissen schon, Orgien und solche Sachen ...«

»Orgien mit Tabletten? Was es nicht alles gibt. Ganz schön verkommen. Wenn ich das meiner armen alten Mutter erzähle, wird sie es mir nicht glauben. Und wie heißt dieser Doktor? Es wird doch nicht der sein, der meine Mutter behandelt?«

»Keine Sorge«, sagte der Apotheker und lächelte, während er ihm die verpackte Schachtel und die Rechnung reichte. »Ich habe es gerade überprüft, und es ist alles in Ordnung. Es ist ein anderer Arzt, der darin verwickelt ist, er heißt Gómez mit Nachnamen. Vielleicht sollten Sie eine Zeit lang keinem Arzt mit diesem Namen über den Weg trauen.«

»Worauf Sie sich verlassen können«, sagte Carlos amüsiert, »für mich ist jeder Gómez vorerst erledigt.«

An der Ecke hielt ein Taxi, und er nannte eine Adresse ganz in der Nähe seines Stammlokals; er hatte keine Lust, zu Fuß zu gehen.

Die Dinge kehrten an ihren gewohnten Platz zurück, er hatte alles wieder unter Kontrolle. Im Schutz der Anonymität konnte er sich eine Auszeit nehmen, bevor er erneut auf der Bildfläche erschien.

Nachdem er aus dem Taxi gestiegen war, ging er den Bürgersteig entlang und beobachtete gewohnheitsgemäß die Umgebung des Lokals. Alles war wie immer. Mehrere Fahrräder lehnten an der Wand, und zwei, drei alte Lastwagen standen am Bordstein. Außerdem gab es noch drei oder vier gebrauchte Fahrzeuge, die die Zigeuner an irgendeiner Straßenecke erbeutet hatten.

Am Vorabend hatte er an sie denken müssen. Vielleicht brauchte er früher als geplant einen fahrbaren Untersatz, und er wollte sie nicht erst in letzter Sekunde damit behelligen.

Er warf einen Blick auf die Fahrzeuge und entschied sich für einen weißen Pick-up, der in gutem Zustand zu sein schien.

Als wollte er etwas abschütteln, strich er sich mit der Hand übers Gesicht und ließ die Geste müde wirken. Er zog außerdem die Krawatte aus und klemmte sich das Jackett unter den Arm.

Der Mann, der dann durch die Tür trat, war einer von diesen unscheinbaren Typen, die aßen, während sie, den Blick auf den Fernseher gerichtet, der in einer Ecke des Lokals thronte, mit leiser Stimme redeten.

Lastwagenfahrer, Tagelöhner, Langzeitarbeitslose, Faulenzer, beinahe ausnahmslos gezeichnet vom billigen Wein der Hoffnungslosigkeit; alle hatten den Blick auf ein paar schwarze Riesen gerichtet, die Millionen verdienten, indem sie im fernen Nordamerika Basketball spielten. Es war sowieso egal.

In der Nähe der Toiletten gab es einen freien Tisch. Es war der sichtbar schlechteste Platz, hauptsächlich, weil man fast seitlich auf den Fernseher blickte. Aber dort war er allein und trotzdem durch die Leute geschützt.

Kaum dass er sich gesetzt hatte, wischte der Kellner lustlos mit einem Lappen über das Wachstuch und stellte einen Brotkorb und einen Krug Hauswein auf den Tisch. Ja, es gab Innereien.

Er bestellte eine doppelte Portion und nutzte die Gelegenheit, dem Kellner ein paar Fragen zu stellen. Der Verkäufer des Pick-up war ein dicker Zigeuner, der trank und rauchte und mit ausladenden Gesten auf seine beiden gelangweilten Begleiter einredete, die heimlich nach dem Fernseher schielten.

Das Chamäleon brach ein Stück Brot ab und schenkte sich ein großes Glas mit Wasser verdünnten Wein ein. Nach kurzem Feilschen gehörte der Pick-up ihm. Bestimmt waren die Papiere gefälscht, aber er hatte nicht vor, damit irgendeine Grenze zu passieren, also zum Teufel mit dem Zigeuner und der unbekannten Herkunft des Fahrzeugs.

Neun

Orlando betrat den Salsaschuppen und grüßte nach links und rechts, als wäre er bei einer Filmpremiere in Hollywood gerade aus der Limousine gestiegen. Doch eigentlich beachtete ihn niemand. Im blauen Dunst aus Zigarettenrauch und Staub, den die Tänzer aufwirbelten, verschwamm alles, was fünf Schritte entfernt war. Ob man ihn nun bemerkte oder nicht, war ihm im Grunde egal. Orlando hatte ein paar Tabletten eingeworfen, was ihn in einen seligen Zustand versetzte, als würde Gott an seinem Hemd zupfen und ihn um ein Autogramm bitten.

Gott, der mit dem Geld in der Hand seine Tabletten verlangte, tauchte in klaren Bildern eines Zeichentrickfilms vor ihm auf, und er hatte das Gefühl, vor Lachen umkommen zu müssen, wenn er es nicht bald jemandem erzählte.

Wie ein Fisch ins Wasser tauchte er in die bunte Menge zappelnder Menschen, johlte den Refrain mit, den die Band sang, und bewegte sich im Rhythmus der Trommeln. Bevor er sich an die Arbeit machte, musste er Negro Ortíz sprechen.

»Schmutziger Dieb …«, stammelte er mit der heiligen Wut eines Ladenbesitzers, wenn die Steuern fällig sind.

Am Vorabend hatte er aus der Not heraus für die Polizei gearbeitet, und er hatte weder Zeit noch Gelegenheit gehabt, seine Erlaubnis, zu dealen, richtig zu nutzen. Bei der Provision, die er dem erschrockenen Cacho abgeknöpft hatte, musste er sich im Grunde um eine Beteiligung mehr oder weniger keine Sorgen machen; trotzdem fühlte er sich, als hätte man ihn mit vorgehaltener Pistole beklaut.

Der Tisch von Boss und Personal war leer. Eine ruhige Oase zwischen der Bühne und dem mit Sternen und Neonpalmen dekorierten Tresen.

Einen Moment lang wusste er nicht, was er tun sollte, er spürte, wie ihm die Erscheinung von Gott entglitt, weil er nicht darüber sprechen konnte; er bekam es mit der Angst. Etwas Schlimmeres konnte er sich nicht vorstellen.

Die Band beendete ihren Auftritt mit einem Tusch, und die Tänzer zerstreuten sich, um etwas zu trinken. Nervös wartete er eine Weile und sagte sich dann, dass er das Seinige nun wirklich getan hatte und ihm das nun das Recht gab, das Zeug auch ohne Wegezoll zu verkaufen; selber schuld, wenn der andere ihn nicht zur Kasse bat.

»Die wollen mich wohl für dumm verkaufen. Wieso bin ich eigentlich nicht gleich darauf gekommen?«, befragte er die Luft und kratzte sich wütend am Kopf.

»Hier wird keiner übers Ohr gehauen ...«, war die Antwort, die seine Aufmerksamkeit auf Negro Ortíz lenkte.

Er war in Begleitung eines großen, schlanken Mannes mit dem Ausdruck eines Schlägers oder Polizisten von der Tanzfläche zurückgekehrt; jeder hielt eine Frau im Arm.

»Ich muss dir was erzählen, Mann; das kannst du dir nicht vorstellen«, begann er und versuchte, das Lachen zu unterdrücken, das ihn daran hinderte, etwas Zusammenhängendes von sich zu geben.

»Los, Orlando, mach 'ne Fliege, wir sind beschäftigt.«

Das Lächeln des Clubbesitzers erstarb auf seinen Lippen.

Orlando zögerte den Bruchteil einer Sekunde, während er den Schläger und die Frauen taxierte, doch der große Mann grüßte ihn, als würde er ihn kennen, und er nahm an, dass es sich um einen Kunden handelte, an den er sich nicht erinnern konnte.

»Stell dir vor, es war Gott. Dort am Eingang, echt. Da hab ich zu ihm gesagt, also …«

»Hör auf mit dem Quatsch, Orlando. Siehst du nicht, dass wir in Gesellschaft sind? Lass die Mädchen in Ruhe. Los, kümmere dich um deinen eigenen Kram, wir reden später. Verschwinde.«

Das Schamgefühl traf ihn wie ein Hieb, und ohne lang zu überlegen, zog er die Schachtel, die er heimlich hätte übergeben sollen, aus der Tasche und warf sie mitten auf den Tisch.

»Fahr zur Hölle, verdammter Idiot. Da hast du deinen Anteil.«

Um der aufsteigenden Panik Herr zu werden, machte er auf dem Absatz kehrt und rannte mitten durch die wenigen Paare, die zu den Klängen der Plattenmusik tanzten, davon. Der Staub senkte sich ganz langsam, aber das altbewährte Mittel, Salz auf die Fliesen zu streuen, wirkte; das Bier floss in Strömen.

»Geht euch mal eben die Nase pudern«, schlug Negro Ortíz den beiden Frauen vor, die sich schweigend erhoben.

Der Clubbesitzer legte einen Finger auf die Schachtel in braunem Packpapier, das zwischen die Gläser gefallen war, und schob es dem anderen Mann zu.

»Dieser Orlando geht mir langsam auf die Nerven. Ich will ihn nicht mehr sehen. Kannst du dich darum kümmern?«

»Sicher …«, meinte der andere und ließ das Päckchen in seiner Jackentasche verschwinden.

»Nichts Übertriebenes, verstehst du?«, sagte der Boss, während er zwei Whiskys einschenkte. »Ich will nicht daran schuld sein, wenn sie diesen Idioten irgendwann umbringen. Ich …«

Er vervollständigte den Satz, indem er eine Hand aufs Herz legte, was bedeuten sollte, dass er seine eigene Nachgiebigkeit verachtete, und gab ein wenig Eis ins Glas.

»Keine Sorge, Negro«, erwiderte der Mann und warf routinemäßig einen Blick in die Runde. »Ich wollte dir nur sagen, dass du dich ein paar Tage in Acht nehmen solltest. Der Chef ist sauer, weil 'ne Reihe Deals geplatzt sind, und wenn wir nicht ein paar einbuchten, bevor der neue Kommissar kommt … kannst dir ja vorstellen … Dann sind wir geliefert. Also an deiner Stelle würde ich mich vorsehen. Und sag deinen Leuten Bescheid, wenns recht ist.«

»Sonst noch was? Mit diesem Spinner, der sich hier rumtreibt, bin ich geliefert. Ihr müsst mir unter die Arme greifen, Dünner. Eine Hand wäscht die andere.«

In einer Ecke der Tanzfläche bewegte sich Orlando zu einer Cumbia. Noch immer kämpfte er gegen die Lachanfälle an, die die Bilder in seinem Kopf auslösten und ihn immer benommener machten, als er mit einem Mädchen zusammenstieß.

Sie tanzte allein, es war, als wären sie verabredet gewesen. Nach einem zaghaften Lächeln und ein paar Worten, die von den Lautsprechern übertönt wurden, tanzten sie zu zweit weiter.

Seine Kunden würden schon nach ihm Ausschau halten, dachte er.

Er ließ sie ein paar Drehungen auf der Stelle machen, wobei sie die Hüften schwang, und betrachtete sie derweil eingehend.

Sie war klein, und das schwarze Tüllkleid mit Strassbesatz war ein wenig zu lang und zu eng. Er war sicher, dass sie es von ihrer betagten Arbeitgeberin geborgt hatte, einer, die irgendwann einmal wohlhabend gewesen war.

Ein Dienstmädchen, das einen freien Abend hat, dachte er. Halb Indianerin und etwas zu klein, aber gute Titten hat sie, das ist die Hauptsache.

Schlagartige Dunkelheit kündigte den Auftritt einer neuen Gruppe an. Als das Licht anging, sah er sie lächeln. Es war ein breites Lächeln mit weißen Zähnen, die im Scheinwerferlicht schimmerten.

Auf einmal stürzten von allen Seiten Tänzer herbei, und die Lautstärke nahm zu, bis man durch die Schuhsohlen den Boden vibrieren spürte. Orlando war plötzlich durstig, und er hielt es für besser, dem Tumult zu entfliehen und seine Eroberung bei einem Drink fortzusetzen. Das Mädchen stimmte seinem unhörbaren Vorschlag mit energischem Kopfnicken zu und ließ sich gefügig wegführen.

Nachdem er sich mit Ellbogen nach vorn gekämpft hatte, gelang es ihm, dem Barkeeper eine große Flasche Bier und zwei Pappbecher abzukaufen.

Sie machte ein verwundertes Gesicht, als er ihr die Tablette zwischen die Lippen steckte, und schien etwas sagen zu wollen; aber der Lärm war so groß, dass nicht einmal er selbst sich hören konnte, während er seine Verführungskünste mit einem Wortschwall fortsetzte.

Sie hatten die Flasche noch nicht ausgetrunken, als sie schon wieder tanzten. Es war auf ihre Initiative hin geschehen; unter dem Einfluss des Wundermittels war sie aufgeblüht wie auf einem heidnischen Fest und machte sich an ihn heran, wobei ihr Körper die Klaviatur der rhythmischen Verführung spielte.

Einen Moment lang fiel Orlando wieder ein, dass er ja eigentlich da war, um sein Zeug zu verticken, aber er fand, es spreche nichts dagegen, Geschäftliches mit ein bisschen Vergnügen zu verbinden. Es blieb genug Zeit für beides.

Die Frau, Eli – es war ihr gelungen, ihm ihren Namen ins Ohr zu schreien, als er ihr unbedingt den salzigen Schweiß vom Hals lecken wollte –, lachte aus vollem Hals, was eine heiße Nacht versprach.

Das Zeug ist wirklich zuverlässig, dachte er. Die Pillen gemischt mit Bier, und die Weiber juckt es zwischen den Beinen.

Da merkte er auf einmal, dass er von der Tanzfläche gestoßen wurde; in der dunklen Masse erkannte er zwei vom Licht rot-blau gestreifte Leibwächter von Negro Ortíz, die ihn zum Ausgang drängten.

Dieser verdammte Negro kann es nicht ertragen, dass ich ihn vorgeführt habe ..., dachte er laut und erschrocken, aber ohne den Arm des Mädchens loszulassen. Mit dem Mädchen als Zeugin würden sich diese zudringlichen Typen vorsehen. Sie konnten ihn vielleicht zusammenschlagen, aber nicht umbringen.

Sich zwischen zuckenden Körpern hindurchdrängelnd und Schweißgeruch einatmend, der wie eine Bedrohung in der Luft hing, erreichten sie den Ausgang. Dort blieben die beiden Gorillas stehen und beförderten sie mit einem sanften Stoß auf die Straße.

Orlando plusterte sich auf. Er war glimpflich davongekommen. Warum, wollte er gar nicht wissen.

»Verdammte Mistkerle, Arschlöcher …«, schrie er ihnen nach und zog seine Kleider zurecht.

Er drehte sich nach dem Mädchen um und sah, dass sie von seinem Machogehabe beeindruckt war. Er warf ihr eine Kusshand zu, und sie brach in ein fast schulmädchenhaftes Lachen aus, das ihn dazu animierte, die Eroberung fortzusetzen.

»Großmäuler, Wichser …«, schrie er, bevor er merkte, dass er am Ellbogen gepackt wurde.

»Öffentliche Ruhestörung, Orlando. Du wirst mit aufs Revier kommen müssen«, sagte der große Mann mit dem Schlägergesicht.

»Ich … sie …«

»Lass das Mädchen gehen. Siehst du denn nicht, wie jung sie ist? Soll ich dich wegen Verführung Minderjähriger einbuchten? Im Knast werden sie aus deinem Hintern eine Blume machen.«

Und plötzlich wusste er, woher er ihn kannte. Es war das Profil aus dem Wagen, es war derselbe Mistkerl, der ihn an den Eiern gepackt hatte. Ein kalter Schauer durchlief ihn von oben bis unten.

»Du verdammtes Großmaul«, sagte der Schläger mit angewidertem Ausdruck. »Du hast dir ja die Hosen nass gemacht.« Und er zerrte ihn am Arm zu dem Wagen am Bordstein. Wie ein fernes Echo hörte er noch immer die Witzeleien der Gorillas aus dem Tanzschuppen. »Du hast ein Stinktier erwischt, Langer. Was für ein Pech …«

Sekunden später und noch bevor sie Zeit hatte zu verstehen, was passiert war, fand sich das Mädchen mit dem strassbesetzten Tüllkleid allein auf dem Bürgersteig wieder.

Sie wandte sich dem Eingang zu, als suchte sie eine Antwort bei den Lichtern und dem Lärm, aber einer der Gorillas machte ihr unmissverständliche Zeichen, dass sie verschwinden solle.

Erschrocken ging sie mit wild schlagendem Herzen davon.

Es war klar, dass sie in etwas hineingeraten war und ihr die Pille, die sie geschluckt hatte, um ein Abenteuer zu erleben, jetzt nicht half.

»Geh lieber heim, Elisea …«, murmelte sie.

Eines war ihr klar: Sie musste nach Hause, bevor ihr die Euphorie, die in ihrem Körper kribbelte, dieses Gefühl, das sie in Aufruhr versetzte, noch mehr Probleme bescherte.

Wie ich befürchtet habe, liegt das Chamäleon im Sterben. Es wird immer schwieriger für mich, ihm etwas Brauchbares zu entlocken. Mit meinen eigenen verquollenen Augen sah ich, wie die Krankenschwester, die dicke Indianerin Nummer eins oder zwei, ein Vaterunser für ihn betete, wobei ihr eine Träne über die Wange rann. Sie glauben noch immer, er sei Márquez.

Ich verfluche diese empfindlichen Höhlenmenschen. Ich habe den Verdacht, dass sie ihn mit Medikamenten vollstopfen, damit er stirbt, ohne es zu merken, und ein Kontakt wird immer schwieriger.

Die Geschichte vom Dealer im Tanzschuppen klang ziemlich nach Delirium. Das liegt wahrscheinlich an den Sachen, die sie ihm spritzen, damit er keine Schmerzen hat. Nicht einmal das Chamäleon kann in allen Einzelheiten wissen, was passiert ist. Außer dass das Dienstmädchen der Alten oder Orlando selbst sie ihm erzählt hat. Ich weiß nicht. Ich bin mir sicher, dass sein Gehirn von Minute zu Minute abbaut. Trotzdem versucht er, seinen ganzen Grips zusammenzunehmen, um Verbindung zur Erde zu halten. Das würde erklären, dass sämtliche Gestalten, von denen er spricht, irgendwie zueinander in Beziehung stehen. Ich muss zugeben, dass das Ergebnis glaubwürdig ist, der Spross eines Geschichtenerzählers, der einen Sprung in der Schüssel hat.

Ich fühle mich privilegiert, in der ersten Reihe zu sitzen. Normalerweise ist die Agonie eines solchen Exemplars den Beichtvätern vorbehalten und nicht den Gaffern. Wenn ich überlebe, um es aufzuschreiben, habe ich eine tolle Story. Sie könnte heißen: *Der letzte Tod des Chamäleons.* Der erste wäre somit ein Irrtum, der meines Beifahrers bei dem Unfall.

Federico ist überzeugt, dass der Bibelverkäufer das Chamäleon ist.

Genau in diesem Moment kam Federico, um mir einen Besuch abzustatten, und stieß beinahe mit der Krankenschwester zusammen.

Das Chamäleon hatte gerade ein paar Erinnerungen an Orlando, den Dealer, in seinen Bart gemurmelt, bevor es einen Schnarchlaut von sich gab und zurücksank. Irgendwo musste eine Alarmglocke angegangen sein oder auch eine Lampe – er ist völlig verkabelt, wie ein Astronaut oder eine Marionette –, und die Dicke eilte herbei.

Der beleibte dümmliche Halbkahle tauchte, die Hände in den Hosentaschen, auf, und ich hatte nicht einmal Zeit, mich schlafend zu stellen. Also spielte ich das Spiel mit; jedenfalls soweit es nötig war. Falls ich ein, zwei Bücher schreibe, kann er sogar einen wichtigen Platz darin einnehmen: der Clown mit den Filzläusen, der sich mit den Händen in den Hosentaschen die Eier krault. Die Leute lachen gerne über die Polizei.

»Wie geht es uns heute?«, fragte er liebenswürdig.

Ich ließ mir mit der Antwort einen Augenblick Zeit. Ich wollte ihm den Eindruck vermitteln, dass alles verzögert bei mir ankam. Das würde mir einen kleinen Vorteil verschaffen.

»Schlecht …«

»Hmm …«

Am Nachbarbett war die Krankenschwester gerade damit fertig, Kabel, Schläuche und Wundverbände zu überprüfen, und wandte sich uns zu.

»Zum Glück ist es nichts«, sagte sie erleichtert.

»In Neuquén ginge es ihm besser«, bemerkte der Polizist.

»Er würde den Transport nicht überstehen«, erwiderte die Frau mit unterdrückter Wut. »Wenn er sterben soll, dann wenigstens in der Nähe seiner Leute.«

Federico zog eine Hand aus ihrem Hosenversteck und rieb sich die Nase, bevor er sagte: »Er hat zwei Familienmitglieder ermordet, um ihnen den Teufel auszutreiben. Ich könnte mir vorstellen, dass sie nicht besonders gut auf ihn zu sprechen sind.«

Das Gesicht der Frau versteinerte. »Bestimmt ist einer von Ihnen schuld daran. Bestimmt hat er dem armen Kerl dummes Zeug erzählt.«

»Die Bundespolizei, Schwester?«, der Polizist lächelte nachsichtig, als wollte er die Unverhältnismäßigkeit dessen, was er da gehört hatte, deutlich machen.

Die Frau hielt seinem Blick eine Weile stand und zog sich dann murmelnd zurück: »Tun Sie nicht so blöd, er ist ein guter Mensch.«

Federico seufzte leicht ungeduldig. »Wir Weiße. Wir Weiße sind der Teufel; seit ich an der Grenze unterwegs bin, bekomme ich nichts anderes mehr zu hören. Finden Sie das in Ordnung? Als wäre man mit Kolumbus hierher gekommen, um ihnen das Leben zur Hölle zu machen. Nun ja ... Wo waren wir stehen geblieben?«

Die Hände wieder in den Taschen vergraben, wippte er kurz hin und her und ließ den Blick über meinen zur Reglosigkeit verdammten Körper gleiten. »Wie ich höre, sind Sie auf dem Weg der Besserung und können sich im Schlaf bereits bewegen. Das ist eine gute Nachricht.«

»Gerade kann ich es nicht.«

»Sie müssen es versuchen; so bald wie möglich ... Oder vielleicht sollte man Ihnen einen Schreck einjagen wie beim Schluckauf, wenn man ihn loswerden will«, fügte er hinzu; er wollte wohl witzig sein.

»...?«

»Manchmal stellt uns unser Verstand Fallen.«

»...?«

»Würde es Ihnen etwas ausmachen, Ihr Gedächtnis zu bemühen und sich daran zu erinnern, worüber Sie mit dem Mann gesprochen haben, der mit Ihnen verunglückt ist?«

Er beobachtete, wie ich, sichtbar angestrengt, meiner Verwirrung Herr zu werden versuchte, und beugte sich ein wenig über mein Bett. »Sie müssen sich erinnern. Sie sind doch Journalist ...«

»Arbeitsloser Journalist ...«, murmelte ich wütend.

»Nur vorübergehend«, beeilte er sich zu sagen. »Man vergisst seinen Beruf nicht so einfach. Es ist wie bei einem Polizisten. Haben Sie viel mit ihm geredet?«

»Kaum ... fast gar nicht.«

»Ich nehme an, er hat sich vorgestellt.«

»Ernesto ... An mehr kann ich mich nicht erinnern.«

»Das ist doch schon etwas ... Hat er Ihnen erzählt, was er in der Gegend gemacht hat?«

»Er hat Bibeln verkauft.« Sein grau melierter Schnurrbart bewegte sich – wahrscheinlich hatte er den Mund verzogen –, und er überlegte eine Zeit lang, den Kopf schräg gelegt, als lausche er mit dem Ohr am Boden der Ankunft einer Truppe.

»Verdammt ... also doch. Wie es aussieht, wiederholt es sich.«

»Ich verstehe nicht.«

»Verzeihung, eine schlechte Angewohnheit von mir, Selbstgespräche zu führen. Mir ist wieder etwas eingefallen, das ich bereits vergessen hatte. Ja, ich nehme an, er hatte eine Reisetasche. In der Bajada de los Mallines lagen ein paar Bibeln herum.«

»Ich habe ja gesagt ...«

»Der Mann, der gesucht wird, gibt sich normalerweise als Priester aus, manchmal auch als protestantischer Laienprediger. Wie es aussieht, haben sie ihn, Stunden nachdem er mit Márquez zusammen war, mitgenommen.«

»Ah ...«

Die Tür öffnete sich einen Spalt, und die Krankenschwester steckte den Kopf hindurch; sie hatte noch immer den strengen Ausdruck, den sie beim Hinausgehen aufgesetzt hatte.

»Ihre Zeit ist um, mein Herr. Lassen Sie die Patienten jetzt in Ruhe.«

»Kommissar«, verbesserte der Bundespolizist, ohne sie anzuschauen.

»Das spielt keine Rolle«, erwiderte sie und ließ die Tür offen, als sie verschwand.

»Schon gut«, knurrte er und unterstrich seinen Ärger mit einer halbkreisförmigen Handbewegung. »Wir werden noch Gelegenheit haben, uns zu unterhalten.«

Dann ging er zur Tür, drehte sich im letzten Moment überraschend um und ließ wie Peter Sellers in der Rolle des Inspektor Clouzot die Bombe platzen: »Als Sie bei diesem Schuppen haltgemacht haben, haben Sie da über Leutnant Cacho geredet?«

Er wartete auf irgendeine Reaktion. Ich musste ein Lachen unterdrücken. Als ich ihn so sah – ein wenig nach vorn gebeugt und in gewollter Überrumpelungspose –, stellte ich mir plötzlich vor, wie er beim Weitergehen gegen den Türpfosten knallte.

Ich verneinte die Frage und schloss die Augen. Endlich ließ er mich allein.

Ich glaube, ich brauchte ganz schön lange, um zu kapieren, was der Bundespolizist da gesagt hatte. Ich nehme an, ich war zu müde für das, was dann geschah: das Chamäleon, das plötzlich loslegte.

Ich hatte kaum Zeit, zwischendurch Luft zu holen.

Inmitten dieses chaotischen Berichts, den er keuchend zusammenstammelte, fiel mir ein, dass ich bereits etwas über Leutnant Cacho wusste. Das Chamäleon hatte ihn ein- oder zweimal erwähnt, während es in die Vergangenheit eingetaucht war. Aber ich hatte nicht darauf geachtet. Ich hatte angenommen, dass es irgendein Spitzname des anderen Cacho gewesen sei, desjenigen, der Nacktschnecken tötete, indem er sie mit Salz bestreute. Aber es war viel schlimmer als das. So sehr, dass ich Mitleid bekam mit diesem miesen Typen, der im Bett neben mir mit dem Tod rang. Sein Leben muss eine einzige Hölle gewesen sein. Wann hat er die erste Maske aufgesetzt? In der Wiege? Und mit welchem der vielen Kriegsnamen stirbt er jetzt in diesem Krankenhaus?

Ich nehme an, dass das Chamäleon unterbewusst mitbekam, wie der Bundespolizist von Leutnant Cacho sprach. Nein, ich bin ganz sicher, dass es ihn gehört hat, denn es spuckte gleich zwei Geschichten hintereinander aus.

Einen solchen Hexensabbat konnte ich kaum im Gedächtnis behalten. Deshalb versuchte ich, die Szenen mit den gefesselten und mit Kapuzen versehenen Männern und Frauen zu ignorieren. Den finsteren Aufenthaltsort mit dem Geruch nach Farbe, wo die Gefangenen in ihren eigenen Exkrementen saßen, während ein Typ namens Cacho zwischen ihnen umherging, irgendeinen Sermon abließ und sich an ihrer Angst ergötzte, die die Luft verpestete.

Das Chamäleon sprach es nicht aus, aber ich brauchte keine weiteren Beweise, um zu wissen, dass es sich um jenen Leutnant Cacho handelte. Was mich automatisch auf die Fragen brachte, die ich mir eigentlich nicht stellen wollte: Wie ist das Chamäleon in dieses Bett gekommen? Hatte Márquez ihn verbrannt? Und wer war der Pechvogel, der mit mir in die Schlucht gestürzt war?

Zehn

»Willst du etwa jede Nacht kommen und meine Geduld auf die Probe stellen?«, schrie er ihm ins Ohr, aber Orlando hörte ihm nicht zu.

Er übergab sich, als Cacho ihn stolpernd durch den Gang führte. Dieser war versucht, ihn auf der Stelle zu erwürgen. Doch er hielt sich zurück, denn er musste vor allem wissen, was los war und ob er nicht ein paar Hunde im Schlepptau hatte, die bereits an der nächsten Ecke hechelnd warteten.

Er schleifte ihn in den Innenhof, wo er ihn mit seinem wirren Gestammel in den kalten Regen des Gartensprengers stellte. Diese Behandlung musste seine Lebensgeister wecken.

Cacho selbst wehrte den Wasserstrahl ab, indem er mit der Hand wedelte, als verscheuche er Fliegen, ohne jedoch verhindern zu können, dass Tropfen, schwer wie Blut, auf seine Dschellaba spritzten.

Er betrat die Küche und stieß gegen alles.

»Mistkerl, gottverdammter …«

Er brauchte dringend einen starken Kaffee, einen Kaffee, in dem der Löffel stecken blieb.

Er stellte die Kaffeemaschine auf die Flamme, kippte abwechselnd Wasser und löffelweise Kaffee hinein und stürzte dann zum Spülbecken, um sich unter dem kalten Wasserstrahl zu erfrischen. Die Kälte ließ seinen Atem stocken; doch er riss sich zusammen, und im Sekundentakt nahmen seine Gedanken ihren Platz wieder ein wie brave Kinder, die sich in einer Reihe aufstellen, um die Lehrerin und die Fahne zu grüßen.

Die Klingel hatte ihn aus einem Albtraum zwischen schweißnassen, zerknüllten Laken gerissen. Sein schlimmster und immer wiederkehrender Albtraum: eine Flugzeugtür, die aufschwang. Ein Horizont, wo Himmel und Meer miteinander verschmolzen. Der Wind, der hereinströmte und die Kleider unter dem Sicherheitsgurt aufblähte. Und Hände Uniformierter, die ihn im Gefolge der Kapuzenträger zu seinem letzten Flug drängten.

Er streckte den Kopf unter das Wasser und hielt den Atem an, bis er nicht mehr konnte. Das ging alles viel zu schnell. Es war, als würde man ungebremst den Berg hinabrennen; immer schneller und schneller und mit schwindenden Chancen, anhalten zu können.

Ausgerechnet jetzt, da er besonders viel Ruhe brauchte, um ja keine Fehler zu machen, kehrten diese Träume zurück, die er sicher weggeschlossen hatte.

Er brauchte einen Kaffee; einen starken Kaffee, der einen klaren Blick auf die Dinge ermöglichen und nackte Tatsachen zum Vorschein bringen würde. Ohne die nach Kloake stinkenden Kapuzenträger und ohne diesen Idioten Orlando, der sich mit seinem Klingeln dazwischengedrängt hatte.

»Du musst mir helfen, Cacho! Gib mir was, Cacho; ich sterbe, mein Bruder«, hatte dieser fast geschrien, während er sich an den Briefschlitz geklammert hatte.

Sein erster Impuls war gewesen, ihn seinem Schicksal zu überlassen. Doch der Mann vor der Tür hatte ein seltsames Geräusch gemacht – ein dünnes Jaulen wie das eines Welpen, der einen Tritt in die Flanke bekommt – und war zu Boden gesunken. Ihm war keine andere Wahl geblieben. Er konnte ihn nicht auf dem Bürgersteig liegen lassen, nicht dass er dort so kurz vor Tagesanbruch abkratzte oder Schlimmeres gar.

»Cacho, du bist doch Arzt! Lass mich nicht im Stich, Cacho! Sie haben mich gezwungen, mein Bruder«, heulte Orlando ganz plötzlich und bekam einen Schluckauf, dessen kurzes und hohes Glucksen um diese Zeit einen Toten hätte wecken können.

Er ging zurück in den Innenhof und stellte den Gartensprenger ab. Sein Kunde, auf allen vieren über einer großen Pfütze, gluckste vor sich hin, das Haar nass von der kalten Dusche und völlig außer sich. Es roch bereits nach Friedhof.

Cacho ging vor dem Mann in die Hocke, zog ihn am Hemdkragen ein Stück hoch und fing an, ihn zu ohrfeigen. Es waren methodische, geübte Schläge, die immer schneller aufeinanderfolgten, den anderen zum Verstummen brachten und in seinen Augen Angst und Verstehen aufblitzen ließen.

»Was hast du ihnen erzählt, Orlando? Sag mir die Wahrheit, oder ich lasse dich wie einen Hund krepieren.«

»Nein, ich wollte nicht ...«

»Scheiße ...«, sagte er, ohne sich aus der Ruhe bringen zu lassen, und verstärkte die Wucht seiner Schläge, die im Innenhof wie der feuchte Applaus einer obszönen Party klangen. »Scheiße ...«

»Du bist Gómez ... sie wissen, dass du es bist. Sie wussten es bereits! Sie haben mich geschlagen, aber sie wussten es bereits ...«

»Was noch? Sag mir, was sie vorhaben, du miese Kröte«, befahl er und ließ ihn einen Moment verschnaufen.

Wenn er Orlando zu sehr zusetzte, würde er ihm vorzeitig wegsterben. Es war kein Arzt nötig, um festzustellen, dass Orlandos Leben keinen Centavo mehr wert war.

Er ließ ihn ein wenig Luft holen und beschränkte sich darauf, ihm mit vereinzelten Schlägen auf die Sprünge zu helfen, doch was er dem Dealer entlocken konnte, war ernüchternd.

Wegen irgendeiner Rechnung, die der Besitzer des Tanzschuppens zu begleichen hatte, hatten ihn die Polizisten in die Mangel genommen. Dann, nachdem sie ihn hatten laufen lassen, hatte sich der Idiot aus lauter Verzweiflung und Dummheit mit Drogen vollgepumpt. Die Folgen waren unübersehbar; er hatte sich miserabel gefühlt, und ihm war nichts Besseres eingefallen, als Hilfe bei einem falschen Arzt zu suchen.

»Schwachkopf«, knurrte Cacho und ließ den Dealer, der nach hinten kippte, allein. Sein Kopf schlug wie ein überreifer Kürbis auf den Fliesen auf.

In der Küche war der Kaffee übergekocht und hatte die Flamme gelöscht. Es war eine Riesenschweinerei. Er verspürte das übermächtige Bedürfnis, zu den Beruhigungspillen zu greifen, die in der Tasche seiner Dschellaba steckten, doch er zwang sich stattdessen, tief durchzuatmen.

»Ich muss meine fünf Sinne beisammenhalten, auch wenns unangenehm ist«, presste er zwischen den Zähnen hervor.

Ein paar Minuten und viele Atemzüge später hörten seine Hände endlich auf zu zittern. Er spülte die Kaffeekanne, füllte sie mit Wasser und Kaffee und zündete die Gasflamme wieder an.

Als der Sud fertig war, fühlte er sich dazu in der Lage, in seine Tasche zu fassen, die Tabletten herauszuholen und sie weit weg unter die Anrichte zu schleudern.

Er trank Kaffee und verbrannte sich beinahe die Zunge, während er auf die starke Wirkung achtete, die der Kaffee auf seinen Körper hatte.

Dann versicherte er sich, dass er die Schlüssel zu der Tür, die zum alten Laden führte, bei sich hatte, und kehrte erneut in den Innenhof zurück.

Orlando hatte alle viere von sich gestreckt und atmete schwach.

Cacho packte ihn an den Schultern und schleifte ihn über den Boden; Orlando verlor seine Schuhe, einen im Innenhof, den anderen im Flur.

Der Ammoniakgeruch des Guanos weckte ihn.

Oben, an den Trägerbalken des Dachs, protestierten Tausende Fledermäuse, die bei Sonnenaufgang in ihren Schlupfwinkel zurückgekehrt waren, gegen die Störung. Unten überzogen die Exkremente der fliegenden Ratten die Kanten des Tresens, der Möbel, alter Plakate und aller übrigen Dinge, die aus der goldenen Vergangenheit anderer stammten. Der Gestank war unerträglich.

Als er gerade die Tür hinter sich abschließen wollte, fielen ihm die Schuhe wieder ein. Er sammelte sie ein und ging zurück zu Orlando, der in unbequemer Haltung hinter dem Tresen saß, um ihm die Schuhe ins Gesicht zu schleudern.

»Jeder bekommt den Platz, den er verdient«, sagte er und drehte den Schlüssel um.

Ohne zu zögern, kippte er einen der Geranientöpfe aus und zog aus der Erde die Plastikschachtel mit seinen Ersparnissen. Sein Verschwinden war schon seit Langem geplant, und ohne Zeit zu verlieren, packte er seine Sachen.

Als er bereits fertig war, überkam ihn Sentimentalität, und er schaltete den Gartensprenger ein. Das Wasser ließ die Pflanzen im Licht der Morgendämmerung leuchten und spülte nach und nach die Erdklumpen aus dem umgestürzten Blumentopf weg.

Mit einem letzten Blick auf die bloßen Wurzeln der Geranie nahm er die Reisetasche mit seinen Sachen und die mit Bibeln vollgestopfte Aktentasche.

»Es geht nichts über die altbewährten Tricks«, murmelte er auf dem Weg zu seinem Pick-up.

Er machte sich nicht einmal die Mühe, die Eingangstür abzuschließen.

Wieder einmal unterbrach eine der Krankenschwestern das Bekenntnis des Chamäleons. Ich hatte nicht bemerkt, dass sie hereingekommen war. Oder ich war kurz eingenickt. Doch es war nicht zu übersehen, dass sie etwas verheimlichte.

Vielleicht bin ich auch ein bisschen paranoid und sehe einfach Gespenster. Aber in dieser schmutzigen Welt, in der sich niemand an die Regeln hält, ist man entweder ein Idiot oder vollkommen verrückt, wenn man nicht ein bisschen paranoid ist.

Sie hatte mir eine Hand auf die Stirn gelegt, ohne mir dabei in die Augen zu schauen. Und wenn sie es tat, dann mit so etwas wie berufsmäßiger Distanz. Sie zog das Thermometer aus meinem Mund, um die Temperatur zu überprüfen, und machte ein Gesicht, das schwer zu deuten war.

»Wie fühlen Sie sich?«

»Müde ...«

»Sie werden sich wieder vollständig bewegen können. Es ist nur eine Frage von Stunden.«

»Wo ist der Doktor? Ich will wissen, wie viel Zeit mir noch bleibt.«

»Der Doktor war eben erst da. Warum haben Sie ihn nicht gefragt?«

»Ich habe ihn nicht gesehen; ich habe wohl geschlafen. Ich habe den Arzt schon seit drei Tagen nicht mehr gesehen.«

Mit einem Blick, der zu sagen schien, dass sie anstelle meines Gesichts etwas Hässliches sah, betrachtete mich die Dicke von der Seite und zog ihre Hand zurück.

»Ich gebe Ihnen eine Spritze, damit Sie schlafen können.«

»Ich brauche nichts. Ich will den Doktor sprechen.«

»Sie werden warten müssen«, sagte sie scharf. »Er macht Hausbesuche.«

Dann wandte sie mir den Rücken zu und stellte sich neben das Bett des Chamäleons. Ihre reglose Haltung ließ mich einen Moment lang stutzen, dann merkte ich, dass sie betete.

Minutenlang stand sie so da und wandte sich dann mit gesenktem Kopf zur Tür. Doch bevor sie hinausgehen konnte, ging die Tür auf, und die andere Dicke kam herein. Ihr Gesicht verriet, dass irgendetwas passiert sein musste.

»Die Polizei hat sie erwischt.«

»Hat man sie anständig behandelt?«

»Anscheinend; zumindest wurden sie nicht geschlagen.«

»Wen haben sie erwischt?«, wollte ich wissen.

Die Frau zögerte einen Moment, als koste es sie Überwindung, mit mir zu sprechen, dann zeigte sie auf das andere

Bett und sagte: »Márquez' Familie. Sie wollten nach Chile, aber die Polizei hat sie an der Grenze geschnappt.«

»Was haben sie denn in Chile verloren?«, wunderte sich die andere.

»Keine Ahnung. War anscheinend die Idee einer Chilenin, die sie in ihrem Pick-up mitgenommen hat; derselbe, den die Mormonen gesehen haben. Wie es scheint, wurde der Wagen gestohlen, und sie hatten keine Papiere.«

»Wie es scheint? Oder ist es wirklich so passiert?«

»Keine Ahnung. Offenbar haben sie alles falsch gemacht. Warum fragst du nicht deinen Freund, den Polizisten?«

»Den? Ja, du hast recht. Ich gehe später rüber zum Revier. Gehört die Chilenin zur Familie?«

»Wie kommst du denn darauf? Wenn ich den Kommissar von der Bundespolizei richtig verstanden habe, ist sie die Freundin dieses Perversen, den sie von Neuquén aus suchen. Wie findest du das? Die Göre ist höchstens sechzehn und schon in einen Todesfall verwickelt.«

Auf einmal hatte ich das Gefühl, dass ich vor lauter übermenschlicher Anstrengung, die einzelnen Teile zusammenzufügen, beinahe ohnmächtig wurde; ich schloss die Augen. Wenn ich etwas sagen oder Schwäche zeigen würde, würden die Dicken mir bestimmt irgendeine Schweinerei spritzen, und ich würde die wenige kostbare Zeit verlieren, die mir noch blieb.

»Ich muss meine Sinne beisammenhalten, auch wenns unangenehm ist«, sagte ich mir.

Aber ich konnte mich nicht unsichtbar machen. Ich konnte es nicht verhindern. Eine der beiden trat an mein Bett und injizierte auf eine Weise etwas in den Tropf, als wollte sie mich bestrafen; dann senkten sie die Stimmen und verließen flüsternd den Raum.

Es war, als hätte jemand einen Vorhang heruntergelassen. Gegen meinen Willen und obwohl ich mir immer wieder sagte, dass das Chamäleon mein Gefangener sei – ein Gefangener, nach dem niemand fragt und der mir erzählt, was ich wissen möchte, selbst wenn ich mich zu seinem Bett schleppen und mit den Zähnen dafür sorgen müsste, dass er seine Hosen herunterlässt –, fiel ich in einen dunklen Brunnen, stürzte schwindelnd in ein tiefes, finsteres Loch.

Mit dem Gefühl, in einem Strudel zu schwimmen, kehrte ich in die Wirklichkeit zurück und musste feststellen, dass man einen Wandschirm aufgestellt hatte, der das Bett des Chamäleons verdeckte. Meine schlimmsten Befürchtungen waren wahr geworden. Diese Sichtblenden gegen die Neugier fremder Blicke haben stets dasselbe zu bedeuten, nämlich dass die Person im verborgenen Bett sterben wird.

Wie ich geahnt hatte, wurde der Dialog mit dem Chamäleon außerordentlich erschwert. Es war, als würde der Wandschirm, diese Kapuze auf Rädern, das Gespräch zäh und langsam machen.

Noch nie hatte ich mich so ohnmächtig gefühlt. Noch nie hatte so plötzlich ein nervöses Tier in meinen Eingeweiden zu rumoren angefangen. Das Chamäleon starb mit dem Einverständnis der Medizin, und ich hatte gerade mal eine Handvoll Einzelteile.

Verzweiflung packte mich, ich versuchte, den Faden wieder aufzunehmen, und irgendwie gelang es mir, den Kontakt wiederherzustellen.

Gott wollte das Wunder nicht vollbringen, ihn mit Siebenmeilenschritten den Berg hinabzuschicken, als er den Rauch aus den Häusern aufsteigen sah. Doch er versuchte, es zu verstehen, und bat ihn darum, mit der Bestrafung aufzuhören. Dafür war er, Prudencio Márquez, ja der Laienprediger seiner Leute.

Luisa, seine Frau, die David an der Brust hatte, weinte bereits nicht mehr, ebenfalls Graciana, seine Schwägerin, die ihre Kinder und Neffen und Nichten um sich scharte.

Die Kinder waren völlig verstört, und er musste sie anschreien, da es ihm mit Gesten allein nicht gelang, sie zu seiner Schwägerin zu scheuchen.

Es war nicht gut, dass sie die erlöschende Glut sahen, die verkohlten Überreste der Holzbalken, der Kleider, der Wolle und des Leders; und dazu der Gestank nach verbranntem Fleisch, der von der Farm aufstieg. Von dem, was von der Farm übrig war.

»Ein paar Balken und der Dachfirst, der jeden Moment einstürzen kann«, sagte er laut, um seine Lähmung abzuschütteln.

Prudencio Márquez verlagerte sein Körpergewicht auf das andere Bein, das eingeschlafen war, weil er die ganze Zeit auf derselben Stelle gestanden, vor sich hingestarrt und nachgedacht hatte.

Die Erwachsenen der Márquez-Sippe, die Männer, die hätten helfen können, waren wahrscheinlich mit einem Teil ihrer Rinderherde im Reservat Ruca Choroy. Er musste sich um die anderen kümmern; die Alten, Frauen und Kinder.

Er konnte sich nicht einmal an einer Flasche festhalten, die einzige Möglichkeit für ihn, sich Luft zu machen, war, sich die Lunge aus dem Hals zu schreien, wenn ihm der Schmerz die Luft nahm.

»Prudencio …«, Luisa, die neben ihm stand, sprach ihn an, »sei froh, wir hatten Glück. Ich habe David rechtzeitig aus der Wiege geholt, denn wenn nicht … Gott hat uns beigestanden.«

»Gott hat uns beigestanden …«

Ein Windstoß wirbelte eine Staubwolke auf und trieb sie über den Weg, bis sie sich zwischen den Scheinbuchen auflöste. Auf dem Hügel auf der anderen Flussseite umkreisten die Hunde die Ziegenherde. Diese brauchten keine Farm und hatten auch keine Familie am Hals. Auch die Gewissensbisse eines Sünders kannten sie nicht oder den Hochmut, auf ein Zeichen zu hoffen.

»Wir gehen zu Graciana.«

Prudencio nickte knapp und sah zu, wie seine Frau davonging.

Flüchtig nahm er ihre breiten Hüften wahr und ihren Gang, der dem eines müden Tiers glich, doch schnell legte sich das Bild der Familie darüber, eine Mischung aus Bildern und Gerüchen, aus Langeweile und Gezänk.

Dort oben unter den Ästen der Araukarie hatte er sich in Gesellschaft der Ziegen und Hunde stark gefühlt, während er den Flaschen widerstanden und auf ein Himmelszeichen gewartet hatte, damit sich die Dinge änderten. Dort oben hatte er sich wichtig gefühlt, weil er das Buch der Bücher lesen und das Wort des Herrn predigen konnte; aber die Kälte, die er jetzt in sich spürte, machte ihm Angst.

Das Feuer, das ihm alles genommen hatte, war vielleicht das Zeichen, auf das er gewartet hatte; und wenn dem so war, dann war er, Prudencio Márquez, viel zu verblendet, um dessen Bedeutung zu begreifen. Denn das Buch, die Bibel, die der Prediger aus Neuquén ihm überlassen hatte, war auf der Farm mitverbrannt. Plötzlich fühlte er sich vollkommen nackt, wie sich Adam gefühlt haben musste, als er aus dem Paradies vertrieben worden war, dachte er. Der Vergleich gefiel ihm.

Prudencio Márquez riss die Augen auf und versuchte, das Spinnennetz zu zerreißen, mit dem ihn seine wild durcheinanderschießenden Gedanken wie Fäden umhüllten. Dann besah er sich die Überreste seiner Ranch.

Er bewegte sich vorsichtig und zornerfüllt, wich hie und da aus oder stieß mit Tritten verkohlte Holzstücke weg, bis er schließlich unter dem Dachfirst stand, der qualmte, wenn der Wind hineinblies. Er blieb dort stehen, genau in der Mitte der Ruine. Er wartete, wartete darauf, dass etwas geschehen mochte.

Da sah er die verbrannten Seiten, die halb verdeckt unter angesengten Holzscheiten lagen.

Es dauerte einen Moment, bis er sie erkannte, denn er glaubte noch immer nicht an eine Offenbarung, doch dann überlief ihn ein Schauer, dass ihm die Zähne klapperten. Es waren Seiten aus seiner Bibel, die nicht verbrannt waren.

Er war unschlüssig, wusste nicht, ob er nicht doch zulassen sollte, dass der Wind sie wegblies.

Doch auf einmal stockte ihm der Atem bei der Erkenntnis, dass weder Feuer sie vernichten noch Wind sie wegtragen würde. Sie warteten auf seine Hände.

»Das hat Gott getan …«, sagte Prudencio Márquez und ging in die Hocke, um zusammenzusammeln, was von seiner Bibel übrig geblieben war, gerade eine Handvoll vom Feuer angesengter Blätter.

Auf einmal wusste er, dass er seine Antwort bekommen hatte. Auf eine schreckliche und schmerzhafte Weise hatte ihm Gott das Zeichen übermittelt. Auf diesen verbliebenen Seiten standen Gegenwart und Zukunft der Márquez geschrieben. Er musste sich hinsetzen und sie lesen. Sie lesen, um zu wissen, welches Opfer Gott von seinen Leuten verlangte.

Ich wurde wütend und verlor die Kontrolle. Ich weiß nicht, warum ich so wütend wurde. Wahrscheinlich, weil ich auf einmal den Eindruck hatte, dass dieser Wurm, das Chamäleon, mich auf den Arm nahm. Ausgerechnet jetzt wollte er mich mit der Geschichte vom Indianer Márquez unterhalten; ich brauchte doch etwas ganz anderes. Also herrschte ich ihn an und nannte ihn Arschloch. Daraufhin begann er – ein armes Schwein, das nicht einmal mehr weiß, wer es ist –, in die richtige Richtung zurückzuspulen. Mein Geschimpfe lockte die Dicke an, die den Polizisten nicht leiden konnte. Sie ging direkt zum Tropf, und mit der Flüssigkeit aus einer Spritze vernebelte sie mit einem Ausdruck sturen Widerwillens mein Bewusstsein.

Cacho stützte den Ellbogen in das geöffnete Seitenfenster und sang voller Inbrunst den Bolero über Liebe und Tod, eine Melodie, die von seiner schlechten Intonation und dem aufkommenden Wind verzerrt wurde, während der Pick-up über die Straße glitt. Er fühlte sich quicklebendig und siegesgewiss an diesem einsamen Morgen.

Neuquén lag weit, weit hinter ihm. Und die Straße, die in sanften Wellen durch die Wüste führte, trug ihn zum besten Versteck, das er sich im Moment denken konnte: zur Quebrada Luán, der Farm der Márquez.

Er hatte bereits einen Preis – einen sehr guten sogar – für das festgelegt, was er ihnen für die gewebte Ware zahlen würde, die er bereits vor ein paar Jahren mitgenommen hatte, als er den alten Márquez zum Laienprediger gemacht hatte. Wenn er sie dann noch zwei-, dreimal am Tag zum Gebet um sich versammeln würde, wäre die Sache geritzt. Diese Leute, die sich von ihrem eigenen Volk, den Indianern, abgewandt hatten und voller Stolz einen europäischen Namen trugen, waren wie Bettler für jedes Zeichen der Anerkennung dankbar.

Es würde eine Weile dauern, bis er sich an den Geruch von schwelendem Holz gewöhnt hätte, der alles durchdrang bis zu den Frauen, die er hin und wieder würde haben können, wenn der Alkohol die Männer betäubt hätte, aber das machte nichts. Es lohnte sich, ein Opfer zu bringen; für die Spürhunde würde er damit so unauffindbar sein wie ein unsichtbarer Mann.

Von Weitem sah er eine Frauengestalt am Straßenrand. Ein lüsterner Gedanke befiel ihn; in dieser Einöde konnte es sich nur um eine Nutte handeln, die man wahrscheinlich aus einem Lkw geworfen hatte, um sie nicht bezahlen zu müssen. Gestrandet in der Wüste, wie sie es war, konnte er ihr vielleicht gratis eine kleine Gefälligkeit dafür abverlangen, dass er sie mitnahm.

Sofort schrillte jedoch eine Alarmglocke in seinem Kopf und tötete seine Lust ab. Es war nicht ratsam, dass irgendjemand von dieser Brut ihn aufgrund der Beschreibung und des Fahrzeugs, mit dem er unterwegs war, erkannte.

Trotz dieser plötzlichen Erkenntnis arbeitete ein Ziehen in den Lenden dagegen an, und er verringerte die Geschwindigkeit des Pick-ups, als er auf der Höhe der Frau war, und betrachtete sie aus dem Augenwinkel.

Ihre Art, dazustehen, verriet, dass sie jung war, womöglich sogar sehr jung. Und mit der Tasche über der Schulter und den Jeans glich sie mehr einer Rucksacktouristin aus der Mittelschicht als einer Nutte.

Er war bereits an ihr vorbei, als ihn etwas zu einer Vollbremsung veranlasste; das Mädchen, das am Straßenrand stand, war Elisea, das Dienstmädchen von Doña Rosa.

Langsam fuhr er zurück und hielt auf dem Schotter. Sie hatte ihn ebenfalls erkannt und blickte um sich, als suche sie nach einer Möglichkeit, zu entwischen.

Da wusste Cacho, dass sie Angst hatte, was einen Vorteil für ihn bedeutete, und er würde diese Überlegenheit nutzen, bis er herausgefunden hätte, weshalb sie ihn fürchtete.

»Ich fahre in die Berge …«, sagte er, ohne die Sonnenbrille abzunehmen und mit einem Lächeln, das ihm eine Nacht in Erinnerung rief, die mit dem Streicheln einer Hand, die ein Wasserglas hielt, begonnen hatte.

Das Mädchen sah ihn an, ohne den Blick zu senken, als erwarte sie, dass er weitersprach; doch er schwieg. Es herrschte völlige Stille, und der trockene Wind, der aus der Wüste kam, schien sie mit Bedeutung aufzuladen.

»Kannst du Auto fahren?«

»Ein bisschen …«

»Worauf wartest du also, Eli?«

Das Mädchen hatte sich auf der Sitzkante niedergelassen, als täte sie etwas Verbotenes. Die Hose ließ ihre vollen Schenkel länger erscheinen, und ein ländlicher Geruch, eine Mischung aus Schweiß und Angst, schwebte zwischen den beiden.

»Lass mich raten …«, sagte Cacho, ohne sie anzuschauen. »Du bist bei der Alten abgehauen und möchtest nicht mehr dorthin zurück. Habe ich recht?«

»Ja, Pater Carlos«, sagte sie und nickte bestätigend.

»Gut … erst einmal das Wesentliche«, sagte er, nahm ihr die Tasche aus den Händen und warf sie auf den Rücksitz zu seinen Siebensachen, die er auf die Reise mitgenommen hatte.

Dann streckte er den Arm aus und zog einen aufgeschnittenen Ölkanister zwischen die Sitze, in dem zwischen Eisstücken Bierdosen glänzten.

»Los, mach zwei Dosen auf, und jeder trinkt auf das, was ihm am meisten bedeutet.«

Elisea zögerte einen Moment, doch der Durst war stärker, und sie trank ihr Bier in einem Zug aus.

»Schau mal hinter deinen Sitz, auf dem Boden …«, sagte Cacho, ohne den Blick von der Straße zu nehmen, über die der Wagen glitt. »Da sind ein paar Sandwichs, und erzähl mir nicht, du wärst nicht hungrig. Sie schmecken nach Plastik, weil ich sie an der Tankstelle gekauft habe, aber wir kommen schon noch dazu, etwas Richtiges zu essen.«

Aus dem Augenwinkel sah er sie kauen und gegen die Erstarrung ankämpfen, die seine Anwesenheit in ihr ausgelöst hatte. Er wartete den passenden Moment ab, um den nächsten Schritt zu tun.

»Was den Pater Carlos angeht, muss ich dir ein Geständnis machen; man hat mich des Priesteramtes enthoben, und zwar endgültig. Also hör auf, mich mit Pater anzureden, und nenn mich einfach Carlos. Nein, lieber Ernesto. Einverstanden?«

Sie sah ihn einen Moment lang fragend an, traute sich jedoch nicht, etwas zu sagen.

Cacho machte ein Gesicht, das man als missbilligend deuten konnte, und blickte sie kurz durch seine dunklen Brillengläser an.

»Sie sind hinter eine Weibergeschichte gekommen, und es war nicht das erste Mal.«

Erleichterung lag in dem Blick des Mädchens, und ihre zusammengepressten Lippen verrieten, dass sie so etwas schon geahnt hatte. Ihr Körper entspannte sich. Doch sie senkte den Blick, um wie beiläufig zu sagen: »Und Doña Rosa? Sie …«

»Eine Gaunerei, eine reine Gaunerei. Von irgendwas muss man ja leben. Verstehst du?«

Sie machte ein verständnisvolles Gesicht und widmete sich wieder ihrem Sandwich.

Cacho reichte ihr noch ein Bier und zündete sich eine Zigarette an. Aus dem Augenwinkel beobachtete er, wie sie gierig aß, und eine gewisse Traurigkeit legte sich schwer auf seine Schultern.

»Ich frage mich etwas, Eli … Du heißt doch Eli, oder? Also, ich frage mich, ob die Alte dich einfach so hat gehen lassen. Dieses Weib ist ziemlich eigennützig.«

Ein lange Stille entstand, die nur vom Dröhnen eines Tankwagens unterbrochen wurde, der sie mit Vollgas überholte. Dann begann das Mädchen, stumm und mit dem Gesicht zum Seitenfenster, zu weinen.

»Wenn wir Reisegefährten sein wollen, erzählst du mir besser, was los ist«, sagte Cacho, der annahm, dass das Mädchen die Alte bestohlen hatte, bevor sie abgehauen war.

Die Geschichte, die er dann aus ihrem Mund zu hören bekam, erklärte einiges und machte alles unendlich kompliziert. So sehr, dass Cacho kurz davor war, den Pick-up anzuhalten, um sie zum Aussteigen zu zwingen. So sehr, dass er die Idee wieder verwarf, weil ihm auf einmal zwei Dinge klar wurden: dass sie ihn umgehend der Polizei ausliefern würde und dass es in seiner Zuflucht in den Bergen nicht unbedingt nach Rauch stinkende Indianerinnen geben musste.

Aus diesen Gründen hielt er den Pick-up auf dem Seitenstreifen an und befahl ihr, sich auf den Rücksitz zu legen.

Folgsam gehorchte sie. Er nahm sie zwischen der Reisetasche und dem Aktenkoffer mit den Bibeln.

Als sie weiterfuhren, bot er ihr eine Zigarette an, und sie teilten sich eine Dose Bier. Sie waren in der Nähe von Zapala, und wenn man sie nicht anhielt, konnten sie beruhigt davon ausgehen, bereits in einer anderen Welt zu sein.

»Ich nehme an, du hast weder die Polizei noch das Krankenhaus verständigt ...«

»Ich hatte Angst.«

»Verstehe ...«

»Ich habe die ganze Zeit geheult, und dann bin ich gegangen ...«

»Um wie viel Uhr hat man dich aus dem Lastwagen geworfen?«

Das Mädchen zögerte und wandte das Gesicht ab. Dann zuckte sie mit den Schultern, als beende sie einen Streit, den sie mit sich selbst geführt hatte.

»Es war schon hell, als mich der Fahrer rauswarf.«

»Okay, Bonnie und Clyde reiten wieder.«

»Wer?«

»Nichts. Nenn sie Ernesto und Eli, das ist schon in Ordnung. Hast du irgendwo Familie?«

»Ja, ein paar Onkel und Tanten in Ancud, Chiloé.«

»Und wie bist du in das Haus der Alten gekommen?«

»Meine Patentante hat mich hingebracht, als meine Mutter starb. Wir waren gerade aus Chile gekommen, und bei ihr konnte ich nicht bleiben.«

»Okay, Kleine, jetzt reicht es mit der Fragerei; zum Glück bist du keine Gefangene. Ich an deiner Stelle würde ein bisschen schlafen, um Kräfte zu sammeln. Außerdem muss ich nachdenken.«

Als sie sich von Zapala entfernten, schlief das Mädchen zusammengerollt auf dem Sitz. Und Cacho hatte einen brauchbaren Plan.

Sie würden ihn nie in Begleitung einer Frau suchen, und sie hatte niemanden, der ihr beistehen würde.

»Außerdem«, sagte er sich, »sind die Chileninnen ganz schön verdorben.«

Verdorben und bereit, sich in die ärgsten Schwierigkeiten zu bringen, dachte er, während er vor seinem geistigen Auge versuchte, die Stunden zu rekonstruieren, die der Flucht des Mädchens vorangegangen waren, nachdem sie im Tanzschuppen Orlandos Pille eingeworfen hatte.

Doña Rosa hatte sich in einem der ungenutzten Schlafzimmer eingerichtet. Von dort aus konnte sie den Hinterhof, den verwilderten Garten mit dem wuchernden Unkraut und den Dienstboteneingang, der zur Straße führte, einsehen.

Ein plötzlicher Hustenanfall hatte sie mitten in der Nacht geweckt, und sie hatte feststellen müssen, dass María nicht da war. Die Angst, die sie befallen hatte, als sie merkte, dass sie allein war, verwandelte sich nach einer Weile in eine Wut, die in ihr den Wunsch nach Rache nährte.

Der Griff zum Kirschlikör hielt ihren Zorn und sie selbst wach.

Ein metallisches Quietschen bestätigte ihren Verdacht: Das Mädchen verschwand nachts, um sich mit irgendeinem Kerl zu treffen.

Ein Schatten erschien auf dem Pfad zwischen dem Unkraut, und Marías dunkle Silhouette tauchte kurz im Widerschein des Lichts von der Straße auf. Da hastete Rosa, so schnell sie konnte, zu der Stelle, wo sie ihr auflauern wollte.

Kaum hatte María die Küche betreten und lautlos die Tür hinter sich geschlossen, ging das Licht an, und das Mädchen erstarrte wie eine Schlange vor ihren Jägern.

Doña Rosa fuhr hoch wie eine Furie, die eine Hand auf dem Lichtschalter und in der anderen die lederne Reitpeitsche, die Elisea tausendmal in einer Schachtel in der Kommode gesehen hatte.

Rosa machte ebenfalls eine Entdeckung. Das Mädchen, ihre Bedienstete, hatte eines ihrer alten Festtagskleider an. Ein schwarzes mit Strassbesatz, das sie sich, wenige Jahre nachdem sie Witwe geworden war, für eine Hochzeit hatte anfertigen lassen.

»Diebin. Diebin und Rumtreiberin …«, stieß sie zwischen zusammengebissenen Zähnen hervor und stürzte sich mit der erhobenen Reitpeitsche auf ihr Opfer.

Elisea wich zurück und hielt sich schützend die Hände vors Gesicht, doch die Hiebe trafen ihre Arme schmerzhaft wie ein stumpfes Messer, und sie heulte auf, ein Tier, das um Gnade winselt. Umsonst.

»Das hätte ich schon viel früher machen sollen, viel früher«, keuchte die Hausherrin zwischen den Schlägen.

Rosa hatte sich seit Jahrhunderten nicht mehr so gut, so jung und so mächtig gefühlt wie in diesem Moment, in dem sie die Peitsche hinabsausen ließ.

»Verkommenes Stück, schmutzige Indianerin …«

Da ging etwas mit dem Mädchen durch. Sie wehrte sich plötzlich kraftvoll wie ein junges Tier, entriss ihr die Reitpeitsche und gab ihr jeden Schlag zurück.

Doña Rosa nahm einen stechenden Schmerz in der Hüfte wahr und ein Geräusch wie von brechenden Knochen in ihrem Körper, als sie auf den schwarz-weißen Fliesenboden stürzte.

In Sekundenschnelle schossen ihr unzählige Gedanken durch den Kopf, die von ihrem Niedergang mit einer gebrochenen Hüfte sprachen, und stumm flehte sie Pater Carlos um Hilfe an. Dann übermannte sie eine Woge des Schmerzes, und sie erkannte, dass unverhofft ihre Stunde gekommen war; durch die ungezügelte Hand eines betrügerischen Dienstmädchens.

Elf

Cacho hielt den Pick-up im Schatten mehrerer Scheinbuchen an und versuchte, sich zu orientieren. Dort, wo das Haus von Márquez sein sollte, ragten ein paar verbrannte Balken in die Luft. Die anderen Farmhäuser sahen verlassen aus, als wären sämtliche Bewohner geflüchtet, ohne sich auch nur einmal umzudrehen.

»Hier ist niemand«, sagte das Mädchen.

»Sie müssen in der Nähe sein, sie gehen nie weit weg von hier. Wohin auch?«

»Sollen wir sie suchen?«

»Warte, bis ich meinen Kragen anhabe.«

Das Mädchen lachte amüsiert, als sie Zeugin wurde, wie er die schwarze Hemdbrust und den weißen Kragen anlegte.

»Ist diese Verkleidung denn nötig? Es gibt einen Haufen Prediger, die nicht so einen hübschen Kragen tragen.«

»Das stimmt schon. Aber die haben es auch nicht nötig, ein Schild an ihre Ladentür zu hängen.«

»Ach so«, sagte das Mädchen mit gespielter Naivität und streckte die Hand nach den Bierdosen aus, »in diesem Fall wäre eine Priestersoutane besser.«

»Trink nicht so viel«, sagte Cacho und schlug ihr auf die Finger, damit sie die Bierdose losließ.

Dann umklammerte er ihre Schulter, bis ihr Gesicht sich vor Schmerz verzerrte, und sagte: »Ich will nicht, dass sie sehen, wie du säufst. Verstanden? Es wird schon nicht einfach sein, sie davon zu überzeugen, dass du meine Nichte bist. Schnapp dir eine Bibel aus der Tasche und setz die

Unschuldsmiene auf, die du schon bei Doña Rosa hattest. Verstanden?«

Eliseas Augen füllten sich mit Tränen, als Cacho ihre Schulter losließ.

»Schon gut, Carlos, ich hab verstanden.«

»Ernesto ...«

»Ernesto.«

Augenblicke später klatschte er vor einer offenen Tür in die Hände und spähte in einen dunklen, verlassenen Raum. Ein alter Hund, der sich in der hintersten Ecke des Gebäudes versteckte, reagierte mit einem bedrohlichen Knurren auf die Fremden.

Das Mädchen bekreuzigte sich instinktiv zum Schutz und sagte: »Hier ist ein Unglück geschehen ...«

»Schhhh!«, unterbrach Cacho sie. »Lass mich mal lauschen ...«

Ein Windstoß trug Geräusche herbei, und er hörte, wie jemand auf der anderen Flussseite weinte. Dann sah er auch, woher das Weinen kam.

Das Grüppchen, das vom Hügel herabstieg, war erbärmlich klein. Nur ein paar Jugendliche und Frauen verschiedenen Alters und ein paar Kinder. Doch heulten sie mit fast animalischer Angst.

Bestimmt hatten sie sie entdeckt, als sie zum Farmhaus hinaufgegangen waren, denn sie hatten die Hände erhoben und rannten mit verzweifeltem Gesichtsausdruck auf sie zu. Kurz darauf wateten sie ohne jede Vorsicht durch den Fluss auf ihre Seite.

»Hier muss etwas Schreckliches passiert sein«, sagte das Mädchen.

»Lass mich reden.«

Die Frauen umringten sie und flehten kreischend um Hilfe.

»Halten Sie ihn auf, Pater! Halten Sie Prudencio auf, er ist völlig wahnsinnig geworden!«

»Sie können es, sprechen Sie mit ihm! Beeilen Sie sich, Pater, er hat bereits Luisa und David umgebracht!«

Cacho wusste nicht, von wem sie sprachen, aber er begriff augenblicklich, dass Márquez oben auf dem Hügel Menschen opferte, dort, wo die Araukarien standen.

Er rannte in die angewiesene Richtung und wünschte sich lediglich, dass die Frauen übertrieben. Das Letzte, was er in Quebrada Luán brauchen konnte, war ein Mord und die Polizei, die ihre Nase hineinsteckte.

Er war schon halb den Hügel hinaufgelaufen, als er sich fragte, wo Elisea war. Er sah sie unten stehen, umringt von der Gruppe Frauen, die sich die Haare rauften. Die weinenden Stimmen drangen wie ein unverständliches, bedrohliches Geheul bis zu ihm.

Keuchend überquerte er einen Flecken Weideland und sah auf einmal Márquez, der mit gesenktem Kopf und hängenden Schultern neben ein paar Steinen kniete. Ein unförmiger, dunkler Haufen lag neben ihm, und ein halbes Dutzend Flaschen war ringsum aufgestellt und schimmerte in der Sonne.

Ohne zu wissen, was ihn erwartete, näherte er sich langsam, und sogleich vernahm er ein hässliches, dunkles Geräusch, ein Knacken. Prudencio Márquez schluchzte mit offenem Mund. Und das Geräusch kam aus seinem tiefsten Inneren.

Wahrscheinlich war er gegen einen Stein gestoßen, denn der Laienprediger wandte sich zu ihm um und sah ihn mit hervorquellenden Augen an; mit einem Blick, in dem sich das größte Unglück und die tiefste Verlassenheit zeigten, die ein Mensch zu ertragen imstande war.

Márquez, der auf dem Boden kniete, erkannte ihn fast augenblicklich und warf sich zu ihm herum.

»Ich bin von Gott verdammt, Bruder Ernesto«, verkündete der Landsmann im Brustton der Überzeugung.

Cacho versuchte, sich an irgendeine Bibelstelle zu erinnern, die der Situation angemessen wäre, doch bei dem Anblick konnte er keinen klaren Gedanken fassen.

Auf dem Boden lag eine Frau, deren Kopf durch zahlreiche Messerschnitte beinahe vom Körper abgetrennt war.

Auf ihrer verblichenen Kittelschürze glänzten frische Blutflecken.

Wenige Schritte entfernt lag bäuchlings auf einer Wurzel der Araukarie der Leichnam eines Säuglings, dem die Kehle wie bei einem Lamm durchgeschnitten worden war und der das letzte Blut verlor. Daneben brannten ein paar Talgkerzen, und der Geruch nach Schnaps aus dem Kreis der offenen Flaschen mischte sich mit dem des Blutes.

»Was haben Sie getan, Márquez? Wie konnten Sie nur?«

»Gott hat mir ein Zeichen geschickt, Bruder Ernesto. Gott hat mir das Zeichen geschickt; und dann hat Gott sich nicht daran gehalten.«

»Was …«, stammelte Cacho, »was redest du da für einen Unsinn, du Wahnsinniger?«

»Abraham, Bruder … Gott sagte zu ihm: ›Nimm deinen Sohn, deinen einzigen, den du liebst, Isaak, geh in das Land

Morija und bring ihn dort auf einem der Berge, den ich dir nenne, als Brandopfer dar.‹ Das stand auf den Seiten, die der Herr vor dem Feuer bewahrt hat, Bruder. Halleluja! Es war das Zeichen … Der Herr hat es befohlen, damit wir gesegnet seien! ›Nimm deinen Sohn, deinen einzigen, den du liebst, Isaak, geh in das Land Morija und bring ihn dort auf einem der Berge, den ich dir nenne, als Brandopfer dar.‹«

Mühsam richtete sich der Laienprediger auf, Gesicht und Bewegungen von der Tragödie gezeichnet. Cacho trat einen Schritt zurück, bis er sicher sein konnte, dass er unbewaffnet war; das Schäfermesser lag zwischen den Füßen der Frau, doch konnte er Márquez nicht daran hindern, ihn am Arm zu packen und in den Kreis aus Flaschen, Kerzen und Schnaps zu zerren.

»Ich habe Gott vertraut, Bruder Ernesto! Ich habe an ihn geglaubt, verflucht! Und ich habe meine Leute gezwungen, hier heraufzukommen, weil er mir sagen würde, sagen müsste, was zu tun sei. Doch er hat mir befohlen, meinen Sohn zu töten, Bruder. Er hat keinen Einspruch erhoben, weil ich verflucht bin …«

»Was hast du denn erwartet, Márquez?«, stammelte Cacho.

»Er hätte mir sagen müssen: Schneide deinem Sohn nicht die Kehle durch, Abraham! Du gehörst zu den Meinigen, töte eine Ziege, und das Glück soll mit dir sein, Abraham. Aber er hat geschwiegen … Nicht ein Wort hat er gesagt, um David zu retten! Nicht ein Wort von dem, was geschrieben steht …«

»Wahnsinniger, Verbrecher …«

»Und mein Volk hat sich gegen seinen Prediger gewandt …«

Und mit einem Schlag war Márquez ein anderer. In einem einzigen Augenblick wurde sein Blick vom Wahnsinn der Rache getrübt, und er begann zu schreien.

»Mein Volk, das sündige, vom Teufel besessene, hat den Herrn und seinen Priester beleidigt! Und der Teufel sprach aus den Menschen. Luisa, meine Frau, hatte auch den Teufel im Leib. Und sie hat Gott beleidigt. Also musste ich ihr den Teufel austreiben, um ihre Seele zu retten.«

Die Augen starr auf etwas gerichtet, das nur er sehen konnte, presste der Mann nach dieser Bemerkung seine Lippen so fest aufeinander, als wollte er bis zum Ende seiner Tage schweigen.

Der Boden unter Cachos Füßen fühlte sich an wie ein schwankendes Schiff auf offener See. Ein Schiff, auf dem er sich inmitten unwirklicher Dinge kaum aufrecht halten konnte; er, der verrückte Indianer und die beiden Ermordeten in einem Kreis aus Flaschen, die die Luft mit Schnapsgeruch erfüllten.

Und die Vorstellung, dass er irgendwie für diese Tode verantwortlich war, rief in ihm eine grenzenlose Wut hervor. Bevor er darüber nachdenken konnte, stieß er die Flaschen mit Fußtritten um.

Er wollte einen Schritt zurücktreten, als der verschüttete Schnaps an den Kerzen Feuer fing. Er wollte weg vom Schauplatz und zurück zu seinem Pick-up, um Abstand zu diesem ganzen Wahnsinn zu gewinnen, aber ein Schlag traf ihn oberhalb des Halses.

Er drehte sich um und hob schützend die Arme, die auf

einmal ganz schwer waren, doch er konnte nicht verhindern, dass der Stein, den Márquez umklammerte, ihn an der Stirn traf.

»Mandinga, Beelzebub, fahr zur Hölle!«, war das Letzte, was er hörte, bevor er in die Flammen stürzte.

Ich musste den Kopf zur Seite drehen, damit mich die Tränen nicht erstickten. Noch nie hatte ich darüber nachgedacht, wie lästig Tränen sein können, wenn man keine Hände hat, um sie abzuwischen.

Ich hatte Grund zum Weinen. Endlich hatte ich das Tor meines Lebens geschossen, endlich hatte ich in der Lotterie gewonnen, endlich hatte sich das verdammte Glück an einen erinnert, der es wahrhaftig verdiente. Endlich hatte ich ihn.

Ich hatte ihn, jawohl. Endlich hatte mir das Chamäleon den Schlüssel zu der Geschichte geliefert.

Es fehlten nur noch ein paar Einzelheiten. Ich musste herausfinden, was aus Márquez geworden war, nachdem er das Chamäleon niedergeschlagen hatte. Aber das konnte mir mein Zimmernachbar natürlich nicht sagen. Für ihn war die Geschichte am Fuß der Araukarie, wo er sich Brandwunden zugezogen hatte und ihm der Schädel zertrümmert worden war, unterbrochen worden; und das Ende spielte sich hinter diesem Wandschirm ab. Er starb in einem Krankenhaus für Indianer, weil er mit einem von ihnen verwechselt worden war.

Ich unternahm einen erneuten Versuch, weil ich den Atem des Chamäleons hinter dem Wandschirm deutlicher vernehmen konnte, und wir machten ein paar Schritte zurück.

Anscheinend ist es wahr, dass jemand, der im Sterben liegt, sein Leben Revue passieren lässt. Das Chamäleon ging mir mit dem Teil seiner Vergangenheit auf die Nerven, der mich überhaupt nicht interessierte; die Zeit, als es Leutnant Cacho war.

Wieder die Kapuzenträger, die auf dem Boden saßen mit von Drahtfesseln wund gescheuerten Handgelenken, und dieser Geruch, den keine Seife aus dem Gedächtnis löschen konnte.

Ich bat ihn, still zu sein, doch es war wie ein Zwang, und nicht einmal Gott hätte ihn zum Schweigen bringen können. Er erging sich in zahlreichen Details. Er beschrieb, wie er den Feuerwehrschlauch benutzt hatte, um sie alle auf einmal abzuspritzen und so ein wenig von der Dreckkruste abzuwaschen, die sie überzog. Es kam mir sogar vor, als würde er wieder lachen, dieses Schwein, wenn er sich daran erinnerte, wie er den starken Wasserstrahl auf ihre Köpfe hielt und die Kapuzenträger wie Bowlingkegel über den Boden rollten.

Ich bat ihn, den Mund zu halten, und die Bitte schien durch seinen Panzer zu dringen, weil es einen Moment lang still wurde. Dann räusperte er sich, um klar sprechen zu können. Ich war mir sicher, dass er bis zum letzten Atemzug nicht mehr aufhören würde. Doch etwas anderes geschah.

Zwölf

Er räusperte sich noch einmal, und wie in einem Thriller packte seine Hand den Wandschirm und schob ihn langsam beiseite. Ich spürte, wie mir das Herz stehen blieb, weil ich ihn einen Moment lang vor mir sah, wie er seiner Agonie entflohen war, um mir an die Gurgel zu gehen und somit sämtliche Informationen aus meinen Interviews zu sichern. Da bewegten sich meine Hände ebenfalls und schnellten in einem verzweifelten und kindlichen Versuch nach oben, um mir das Laken über das Gesicht zu ziehen.

Es war nicht das Chamäleon.

Auf der Bettkante saß, die eine Hand am Wandschirm, die andere in der Hosentasche, Federico. Der lächelnde Federico. Und das Bett war leer.

Er hatte einen merkwürdigen Blick, distanziert und verschleiert wie der eines Pokerspielers, der kurz davor ist, den Stich seines Lebens zu machen.

Er schob den Wandschirm in eine Zimmerecke und setzte sich wieder auf die Bettkante.

»Also gut«, sagte er, »wo fangen wir an?«

Darüber musste ich nicht nachdenken; dort war die Informationsquelle, die mir fehlte.

»Wo haben sie ihn hingebracht?«

»Wo bringt man Tote wohl hin? Die ruhen sich im Leichenschauhaus aus. Wenn nicht irgendein Schlaumeier daherkommt und sie ins Meer wirft.«

»Verstehe ... Es war ein langer Todeskampf.«

»Meinst du?«

Es gefiel mir nicht, dass er mich duzte, ich hatte ihm keinen Anlass für Vertraulichkeiten gegeben. Aber es war nicht das erste Mal, dass ich mit einem Polizisten zu tun hatte; sie bringen den anderen stets in eine schwächere Position.

»Zwei Tage sind keine Ewigkeit«, sagte er mit einem sarkastischen Blitzen in den Augen.

»Was soll der Scheiß, ich weiß, wie lange …«

»Du bist ein paar Stunden nach Márquez eingetroffen. Sie haben sich Zeit gelassen, ihn heimzuholen. Und er ist gestern gestorben.«

Für einen Augenblick brachte er mich aus der Fassung, aber ich war nicht gewillt, mich wegen Banalitäten zu streiten.

»Haben Sie eine Liste derer, die bei dem Mädchen waren, das sie an der Grenze festgenommen haben?«

»Wenn du mir sagst, wofür du sie brauchst …«

»Ich will ganz offen sein: Ich suche jemanden. Es ist das Einzige, was mir fehlt, um den Artikel meines Lebens zu schreiben. Spucken Sie mir jetzt nicht in die Suppe.«

»Der Artikel …«, sagte er und zog die Hand aus der Tasche, um sich den Nasenrücken zu reiben, »klar, wenn jemand Journalist ist … Manuel, nicht wahr?«

»Manuel Carraspique.«

»Zum Teufel, Mann; du bist wirklich verrückt.«

»Denken Sie, was Sie wollen, aber ich werde meinen Artikel schreiben, und ich muss wissen, ob es eine Liste gibt.«

»Ja, natürlich gibt es eine Liste. Bin ich jetzt vielleicht dran?«

»Wenn Sie etwas zu sagen haben, dann los. Ich kann Ihnen allerdings nicht garantieren, dass Sie gut dabei wegkommen. Aber irgendwie werden wir uns schon einigen.«

»Einigen ...«, murmelte er und starrte auf seine erdverkrusteten Schuhe.

Er warf einen Blick zur Seite, stand vom Bett auf und ging hin und her. Es war klar, dass er eine wichtige Information besaß und nun abwog, wie er sie am besten verkaufen konnte.

»In den Kriminalromanen, die mir als kleiner Junge gefielen«, begann er und wippte, die unruhigen Hände in den Hosentaschen, auf den Absätzen hin und her, »versammelte der Detektiv am Ende alle im Wohnzimmer und deckte mit messerscharfer Intelligenz, die einem den Atem stocken ließ, das Geheimnis auf. Das ist mir noch nie passiert und wird mir auch nie passieren.«

Er hüllte sich eine Zeit lang in Schweigen, ein Schweigen, das einen zwang zu reden; doch ich war gewillt, ihm zuzuhören, und hielt sogar den Atem an.

»Ach, zum Teufel. Nach allem, was passiert ist; wen kümmert es da, ob man rauchen darf oder nicht. Wenn es dir schadet, umso besser ...«, murmelte er und zog aus den Tiefen seines Jacketts eine Schachtel Zigaretten. Nachdem er eine angezündet und die ersten Züge genommen hatte, schien er sich zu beruhigen und schaute mir direkt ins Gesicht; zum ersten Mal seit geraumer Zeit.

»Ja, das Leben und Agatha Christie haben nichts miteinander zu tun. Ich bin mit allen möglichen Flausen im Kopf Polizist geworden und habe schließlich gelernt, dass es das Klügste ist, einen Typen auf den Grill zu legen und ihn so lange schmoren zu lassen, bis er alles ausspuckt.«

Er rauchte gierig und wippte auf der Stelle. Fettig glänzender Schweiß war zwischen den wenigen Haaren auf seinem Kopf zu sehen.

»Na klar, wenn jemand meint, etwas zu wissen, kommt immer irgendeiner daher, der einem zeigt, was man für ein Idiot ist. Erinnerst du dich wirklich überhaupt nicht mehr an Leutnant Cacho?«

»Nein, ich schwöre es.«

»Das wundert mich nicht; an diesem Punkt wundert mich nichts mehr ...«

Er nahm einen letzten Zug und warf die Kippe in eine Ecke, ohne sie vorher auszudrücken. Dann begann er, am anderen Ende des Raums hin und her zu gehen.

»Als man mich in den ›Keller‹ versetzte, dachte ich, ich sei vorbereitet: Der Guerilla musste man es geben, mit allen zur Verfügung stehenden Mitteln, und mir würde die Hand dabei nicht zittern. Ich erinnere mich, dass Fußballweltmeisterschaft war ...«

»78, eine schlimme Zeit ...«

Er blieb einen Moment stehen und sah mich an, als hätte ich irgendwelches Ungeziefer im Gesicht. Dann atmete er tief durch, zündete sich eine weitere Zigarette an und sagte ganz ruhig: »Wenn du mich noch einmal unterbrichst, knall ich dich ab ... Manuel.«

Er meinte es ernst. Er war verrückt. Also bewegte ich nicht einmal die Augen.

»Meine Ideale, Agatha Christie und der ganze Kram, sind beim Teufel. Typen mit Kapuzen, Frauen mit Kapuzen, Schwangere, die in den Ecken gebären mussten, inmitten der ganzen Scheiße in diesem furchtbaren Schweinestall. Und das Schwein, das es mehr als alle anderen genoss, war Leutnant Cacho. Dämmert es langsam?«

Ich überlegte kurz und kam zu dem Schluss, dass es ein

schlechtes Geschäft wäre, mein Wissen zu teilen: zum Beispiel, dass Cacho, der Dealer und Betrüger, sich in der Rolle gesehen hatte, wie er Leute mit dem Feuerwehrschlauch abspritzte. Deshalb sagte ich das einzig Richtige:

»Nein.«

»Dieses Arschloch. Dieses Stück Scheiße … er ließ sie im Glauben, er sei ein Leutnant der Armee und ihr Leben liege in seiner Hand. Und die Kapuzen glaubten ihm manchmal sogar, diese armen Teufel. Manchmal …«

Er machte eine lange, eine sehr lange Pause und kaute an den Erinnerungen, die ihn zu meiner Überraschung so nah an das Chamäleon herangeführt hatten. Dann sagte er: »Das Beste daran ist, dass er es sogar selbst geglaubt hat.«

Er schaute mich einen Moment lang mit der Tragik eines Inspektor Clouzot an und kratzte sich wütend an der Nasenspitze.

»Die von der Gefängnisaufsicht hatten ihn aus irgendeinem Knast geholt. Für sie war er so etwas wie ein manischer Lügner, ein Betrüger, der auf Guerillero machte oder was ihm sonst gerade einfiel. Das war ein Fehler … ein riesiger Fehler«, sagte er und setzte sich wieder auf das Bett des Toten. »Der Typ war völlig durchgedreht, es war zum Fürchten. Außerdem tyrannisierte er uns alle, doch man konnte nichts gegen ihn unternehmen, er stand unter dem Schutz von ganz oben. Es hieß, er sei der missratene Sohn einer einflussreichen Familie und deshalb noch am Leben … Vielleicht war das ein Märchen, vielleicht auch nicht. Sicher ist, dass der Typ dazu in der Lage war, sich gemeinsam mit einem Guerillero foltern zu lassen, um sein Vertrauen zu gewinnen. Dann machte er aus ihm Hackfleisch wie kein Zweiter.«

Ich sah, wie er kurzzeitig zu keuchen begann und sich leicht nach vorn beugte, als betrachte er zugleich seine Seele und seine Schuhe. Dann stand er wieder auf und ging langsam im Zimmer auf und ab. Er bewegte sich womöglich aus einem Reflex heraus, um festzustellen, ob er nicht ans Bett gefesselt war, und ich verbarg meine Hände unter den Laken.

»Mein Kriegsname war Federico, und ich habe die Zeit nie vergessen können, in der mein Boss das Radio einschaltete, damit die von der Guerilla hören konnten, dass wir Fußballweltmeister geworden waren. Dass wir aufrecht und menschlich waren. Er hat das nicht mit böser Absicht getan, ganz und gar nicht! Es gab sogar welche mit Kapuze, die mitgrölten, wenn ein Tor fiel!«

Eine lange Stille entstand, und ich dachte schon, Federico würde zu weinen anfangen. Aber er tat es nicht. Er nahm einen Kamm aus der Jackentasche und kämmte sich ungeniert, bis die Haare vom Schweiß an seinem Kopf klebten.

»Dann kam die Demokratie, und man versuchte, einen guten Eindruck zu machen und für die Zukunft zu sorgen. Man versuchte außerdem, die Rache zu vergessen, die man sich geschworen hatte. Nachdem alles vorbei war, versicherte man mir, dass Leutnant Cacho hingerichtet worden sei; dass man ihn bei einem der letzten Flüge ins Meer geworfen habe. Das war normal bei Kollaborateuren, die zu viel wussten ... Bis ich eines Tages das Foto sah. Ein miserables Foto in einem jämmerlichen Provinzblatt, aber es war wie ein Schlag in die Magengrube ...«

Er versenkte seine Hände in den Hosentaschen und starrte sekundenlang reglos an die Wand; ich fühlte mich genötigt, wegzuschauen. Dann drehte er sich abrupt um, griff nach der Pistole, die er an der Hüfte trug, und lief zur Tür.

Er riss sie auf, und ich konnte ein paar Schatten erspähen, die sich entfernten.

»Verschwindet von hier, oder ich knall euch ab!«, schrie er. »Jetzt ist Schluss mit dem Zirkus! Habt ihr gehört?«

Er stolperte zum Fußende meines Bettes zurück und befahl mir von dort über die auf meinen Kopf zielende Pistole hinweg: »Schau mich an. Schau mich genau an, denn es ist das Letzte, was du zu sehen bekommst, du mieses Schwein.« Die Hand mit der Waffe zitterte.

Auf einmal kam mit ohrenbetäubendem Lärm die Erinnerung an ihn zurück.

Es war an der Zeit gewesen, abzutauchen, bis sich der Aufruhr gelegt haben würde, wie der Marinesoldat, der für den »Keller« zuständig war, gesagt hatte.

Es galt, Spuren zu verwischen, und die verhängnisvollste Spur stellten diejenigen dar, die noch am Leben waren.

An jenem Morgen kam ein Lastwagen, um beinahe alle Kapuzenträger zum letzten Flug abzuholen. Die engsten Kollaborateure, die »Überläufer«, waren noch immer geschützt, aber niemand konnte sagen, wie lange noch.

Ohne viel Aufhebens und ohne die übliche Ausrede einer Verlegung zum Zweck der offiziellen Registrierung erhielten die Kapuzenträger eine Injektion, die sie ruhig stellte, damit sie keinen Widerstand leisteten. Sie konnten sich gerade noch ein paar Sekunden auf den Beinen halten. Kaum war die Nadel durch die schmutzigen Kleider in ihr Fleisch gedrungen, gingen sie zu Boden, lagen dort ausgestreckt, einige stumm, andere von ersticktem Schluchzen geschüttelt.

Leutnant Cacho ging von einem zum anderen, begleitet von einem Mann, der ihnen die Spritze setzte, und redete ununterbrochen, machte Witze und kündigte ihnen allerlei Grausamkeiten an.

Es war nicht irgendein Tag. Das bevorstehende Ende, das er auch immer nehmen würde, erzeugte eine Spannung wie kurz vor einem Salto mortale ohne Netz und machte Dienstordnung und Hierarchien vergessen.

Alle waren da. Die »Kommandos«, die die ohnmächtigen Gefangenen auf den Lastwagen luden, und die »Überläufer«, die versuchten, ihren Mut nicht zu verlieren, und in der Nähe ihrer Zelle gemeinsam herumstanden. Mabel, die »Sekretärin des elektrischen Knüppels«, wie sie Leutnant Cacho nannte, hielt sich am Rande und beobachtete alles mit weit aufgerissenen Augen.

Auf einmal breitete sich ein wohlbekannter Geruch aus, und Leutnant Cacho begann, einen der am Boden liegenden Kapuzenträger zu treten.

»Verdammter Hosenscheißer! Warst du nicht besonders tapfer? Dann musst du eben so sterben, in deiner eigenen Scheiße …«

Mabel konnte nicht mehr. Sie brach in Tränen aus und drehte sich mit dem Gesicht zur Wand. Da löste sich der nette Offizier der Bundespolizei, Filzlaus genannt, von dem ich schon immer gewusst hatte, dass er bis über beide Ohren in sie verliebt war, aus dem Kommando, um ihr eine Hand auf die Schulter zu legen und ihr irgendwas ins Ohr zu flüstern.

Ich sagte bereits, dass es ein besonderer Tag war, anders irgendwie; die Hierarchie begann zu bröckeln.

Leutnant Cacho schaute zu den beiden hinüber. Zu der

Frau, die, die Stirn an die Wand gelehnt, weinte, und zu dem Mann neben ihr.

»Feigheit vor dem Feind!«, schrie Leutnant Cacho.

»Ich befehle dir, diese Hure nicht zu beachten!«, schrie er.

Schrie ich, Leutnant Cacho. Ich …

Und ich stürzte mich auf den Idioten von Filzlaus, um ihn von dort wegzustoßen. Für den Bruchteil einer Sekunde schien er sich wehren zu wollen, denn er schob die Hand unter die Jacke, um nach seiner Waffe zu greifen, aber ein paar aus dem »Kommando« stürzten sich auf ihn und zogen ihn von der Frau weg.

Mabel, die »Sekretärin des elektrischen Knüppels«, heulte, als wäre es das letzte Mal. Und ich beschloss, ihr diesen Gefallen zu tun.

Ich packte sie an den Haaren und schleifte sie zum Lastwagen.

»Nehmt die hier auch mit!«

Die vom »Kommando«, die halfen, die Kapuzenträger zu verladen, zögerten einen Moment lang, aber ich ließ ihnen keine Zeit, darüber nachzudenken.

»Die hier genießt keinen besonderen Schutz mehr, weg mit ihr, zu den Haifischen! Schafft sie augenblicklich da rauf, oder ihr seid selbst dran!«

Sie waren es gewohnt zu gehorchen, und so taten sie, wie ihnen geheißen. Außerdem wussten sie, dass es früher oder später geschehen musste.

Hinter mir wurde ein Schuss abgefeuert, der mich den Kopf einziehen ließ. Drei, vier Männer rangen mit der Filzlaus und nahmen ihm schließlich die Waffe ab. Bestimmt verdankte ich mein Leben ihrem rechtzeitigen Eingreifen.

»Ich habe dich auf dem Foto in der Zeitung erkannt, du Mistkerl«, sagte er und warf den zerknitterten Ausschnitt auf das Bett.

»Gerade als ich mich gefragt habe, wie ich diesen Cacho, Carlos, oder wie er sich sonst nennt, ohne Foto, so mies es auch sein mochte, schnappen könnte, da bist du im Zusammenhang mit dem Massaker von Prudencio Márquez in der Zeitung aufgetaucht. Älter und voller blauer Flecken, aber ansonsten noch genau so wie damals, als du dich mit Leutnant Cacho anreden ließt.«

Er hatte einen irren Blick und redete, als sei er sich der Pistole in seiner Hand nicht bewusst. Die Leute draußen hatte er eingeschüchtert, mit denen konnte ich nicht rechnen, wenn es darum ging, mich vor den Schüssen zu retten. Ich musste das Spiel mitspielen; die Geschichte, die ich geglaubt hatte, bevor ich wusste, wer wer war.

»Wenn Sie erlauben … können wir gemeinsam überlegen. Nur, ich schwöre Ihnen, Sie täuschen sich.«

Er war völlig außer sich, und seine Hände zitterten, als er sich eine weitere Zigarette anzündete. Deshalb zwang ich mich, weiterzureden.

»Ich habe ein völlig durchschaubares Leben; ich war immer Journalist, das kann ich beweisen.«

Doch er hörte mir nicht zu. »Ehrlich gesagt, wir fanden das Chamäleon alle ein wenig lächerlich und gleichzeitig ziemlich angsteinflößend. Weißt du, warum?«

»…?«

»Weil Wahnsinn einem Angst macht und selbst den Tapfersten erschreckt. Er war nämlich nicht nur ein geschickter Betrüger, wie die Idioten von Gefängniswärtern behaupteten.

Nein … Wenn er sich Leutnant nannte, war er ein Leutnant. Und er war ein Arzt, wenn er in dessen Rolle schlüpfte; oder Guerillero, Polizist, Transvestit … Er konnte alle möglichen Rollen annehmen, es genügte ihm, eine Weile mit jemandem zu reden, und er saugte dessen Persönlichkeit vollkommen auf, die Bewegungen, den Namen, alles; wie ein Vampir, wie ein Chamäleon. Wie ein echtes Chamäleon …«

Todesangst durchfuhr mich. Die Filzlaus war der Wahrheit gefährlich nahe gekommen.

»Das hast du auch mit Manuel Carraspique gemacht. Ein Abendessen und ein paar Sätze haben dir genügt, um in seine Haut zu schlüpfen und seine Identität anzunehmen, nachdem ihr an der Bajada de los Mallines abgestürzt seid.«

»Sie irren sich, ich …«

»Es reicht, du Stück Scheiße, es reicht!«, brüllte er außer sich. Ein Speichelfaden hing ihm aus dem linken Mundwinkel. »Ich weiß genau Bescheid. Das arme Mädchen, das du aufgegabelt hast, nachdem es in Neuquén ihre Dienstherrin getötet hatte. Sie hat es der Polizei erzählt: Du hast den verwirrten Márquez umgebracht und ins Feuer gestoßen. Außerdem hat man den Leichnam des anderen Unfallopfers identifiziert. Das war der echte Manuel Carraspique. Spar dir also die Mühe, mich anzulügen.«

Sein Blick war so durchdringend, dass ich einen Moment lang sehen konnte, was er sah: den alten Márquez zwischen den Leichen seiner Frau und seines Sohnes mit der aufgeschlitzten Kehle, wie er das Chamäleon für die Tode verantwortlich machte und nach der Polizei rief. Der verfluchte Indianer, der mich beschuldigte, ein Teufel zu sein, und sich mit einem Stein in der Hand auf mich gestürzt hatte.

Ohne zu wissen, dass er keine Chance hatte. Denn er wollte mich bestrafen, und ich begnügte mich damit, ihn zu töten. Ich schlug ihm den Kopf ein, bevor er in den brennenden Schnaps fiel – daran bin ich nicht schuld – und wie ein ölgetränkter Lappen zu brennen begann.

»… das Mädchen hat die Schreie auf dem Hügel gehört und dir den Pick-up gestohlen, um mit Márquez' Familie abzuhauen. Sie war überzeugt, dass du sie alle umbringen würdest. Ich nehme an, irgendeiner von ihnen hat die Tasche mit den Bibeln entsorgt, um Platz zu schaffen, und du hast sie danach wieder an dich genommen. Hab ich recht?«

»Wenn Sie es sagen …«

»Und ob. Ohne Geld und ohne Klamotten, allein bei zwei Toten mit einem Koffer voller Bibeln … Was hast du von da an gemacht?«

Ich wollte ihm nicht antworten. Kurzzeitig überfiel mich wieder das schreckliche Kältegefühl, das mich bei Einbruch der Dunkelheit in Quebrada Luán überkommen hatte. Eine Kälte, die auf keinem Thermometer zu messen war.

Ich rannte. Ich rannte, als wäre der Teufel hinter meiner Seele her, mit der Tasche, während ich mir den weißen Kragen und die Hemdbrust herunterriss. Ich rannte, ging ein paar Schritte und rannte wieder, immer die Straße entlang, um mich so schnell wie möglich vom Hof zu entfernen. Bis Motorenlärm mir klarmachte, dass es langsam Zeit war, den Daumen rauszuhalten.

»… der arme Carraspique war ziemlich betrunken und hat dich aus Mitleid mitgenommen. Er wusste nicht, dass sein Leben nicht mehr viel länger als zwei Bier dauern würde. Doch du hast Pech gehabt, Chamäleon, Leutnant Cacho und so weiter und so fort; der Fotograf von der Tageszeitung hat dich aufgenommen, weil er dachte, du wärst der verrückte Márquez.«

Als würde er sie nicht mehr brauchen, warf er die Waffe mit einer Geste absoluten Vertrauens auf das andere Bett und stellte sich mit tief in den Taschen vergrabenen Händen daneben. Ein siegesgewisses Lächeln verzerrte seinen Mund.

»Was hast du gebrummelt, als ich den Wandschirm beiseite geschoben habe und du entdeckt hast, dass der alte Márquez nicht mehr da ist?«

Sein Schweinsgesicht lächelte, und ich hatte Lust, ihn zu töten. Doch ich sagte nichts.

»Jetzt wo wir einander vertrauen, warum erzählst du mir nicht, wie du am Leben geblieben bist? Einer von damals hat mir geschworen, dass man dich auf dem letzten Flug des »Kellers« mitnahm, nachdem man mich in ein anderes Verlies versetzt hatte.«

»Man hat Sie angelogen …«, sagte ich und versuchte, die schrecklichen Erinnerungen zu verscheuchen, die in mein Gedächtnis zurückkehrten.

Dieses Gefühl von Leere war wieder da. Der verzweifelte Widerstand gegen diejenigen, die mich zur offenen Tür stießen. Die Flugzeugtür und die Leere, die mich mit ihrem hungrigen grauen Maul, von Schaumkronen gesprenkelt, als wären es Zähne, verschlingen wollte, der Schlund, in den meine Kameraden aus dem »Keller« gestürzt waren.

Ich selbst hatte befohlen, die »Überläufer« auf ihrem letzten Flug zu begleiten. Vielleicht weil ich Zeuge sein wollte, dass alles vorbei war. Ich weiß es nicht; heute kann ich nicht mehr sagen, warum ich es getan habe. Neugier? Ich hatte mich versichert, dass sie die Injektion erhalten hatten. Ich half, sie auf den Lastwagen zu laden. Ich stand oben, als die Tür des Flugzeugs aufflog, mit einem heftigen Sog, der wild an unseren Kleidern zerrte.

In die Leere hinausgebeugt und dem Nichts trotzend sah ich sie kraftlos hinabstürzen.

Da versuchte jemand, mich hinauszustoßen. Und auf einmal war ich es, der kopfüber stürzte und gegen den Wind anzuschreien begann. Ich war es, der den Flugzeugkörper von unten sah, wie er sich vom weißen Himmel abhob, bevor mich das Seil plötzlich stoppte und meinen Sicherungsriemen spannte.

Die Zeit, die ich an einer Nabelschnur durch die Luft schwebte, war endlos; als hätte mich dieses Tier aus Metall unfreiwillig geboren. Ich wusste, dass die, die mich gestoßen hatten, das Seil durchtrennen würden. Und ich wusste auch, dass sie alte Rechnungen zu begleichen hatten.

Doch ich täuschte mich.

Das Seil ruckte, und langsam wurde ich wieder hinaufgezogen. Ich erinnere mich, dass ich mir die Fingernägel abbrach, als ich auf der Türschwelle über das Metall schrammte. Und dass mich die Uniformierten mit einem Fausthieb empfingen, als ich den Fuß aufsetzte. Ein brutaler Fausthieb, der mich, den Mund voller Blut, zu Boden warf.

Bevor ich das Bewusstsein verlor, schrie mir einer von ihnen ins Ohr: »Du hast Glück, du verdammtes Arschloch. Jemand da oben hält seine Hand über dich. Und das ist nicht der liebe Gott …«

»Man hat Sie angelogen«, wiederholte ich und gewann unter Federicos forschendem Blick die Fassung zurück.

»Sieht so aus ... aber das spielt keine Rolle mehr«, sagte er mit einem kurzen Lachen, und gemächlich schloss er die Tür, um dann so nahe an mich heranzukommen, dass ich seinen Schweiß und seinen Atem riechen konnte.

»Weißt du, was ich jetzt tun werde? Ich werde dich ganz langsam töten. Ich werde dich mit einem Kissen ersticken. Und das ist nicht alles. Ich hatte Zeit, darüber nachzudenken, während ich dir vom Bett des armen Márquez aus zugehört habe ... Ich werde dafür sorgen, dass man dich nicht identifizieren kann und ohne Namen begräbt. Göttliche Gerechtigkeit für jemanden, der zu viele Personen war. Wenn wir also Bilanz ziehen, war Manuel Carraspique dein vorletzter Kriegsname. Wie gefällt dir Federicos Idee?«

»Federico?« Er wirkte so siegesgewiss, dass eine unkontrollierbare Wut, die schon vor meiner Geburt da gewesen sein musste, in meinem Kopf zu brodeln anfing.

»Ja, ich ... Federico.«

Er war so begierig, so angreifbar in seinem Bedürfnis, vergangene Demütigungen zu rächen, dass ich jede Zurückhaltung aufgab: »Niemand hat dich Federico genannt, Dummkopf ...«

Für einen kurzen Moment stieg ihm Schamesröte ins Gesicht. Und ich begann zu lachen, weil ich das Heft wieder in der Hand hatte.

»Du bist und bleibst die Filzlaus. Ich habe dich Filzlaus getauft, wegen deiner widerlichen Gewohnheit, dir den lieben langen Tag die Eier zu kraulen ... Schwachkopf.«

»Fahr zur Hölle ...«, sagte er heiser, als hätte er einen Frosch im Hals, und trat an Márquez' Bett, um sich mit einem Kissen zu bewaffnen.

Aber es wartete eine Überraschung auf ihn. Meine Beine waren lebendig. Meine Hände ballten sich unter den Laken zu Fäusten. Ich, wer auch immer ich war, lebte. Ich würde mich nicht umbringen lassen. Unter keinen Umständen. Ich ließ ihn näher kommen …

Raúl Argemí

Raúl Argemí wurde 1946 in La Plata, Argentinien, geboren. Seine Eltern waren einfache Arbeiter. Schon in jungen Jahren begann er, fürs Theater zu schreiben und Regie zu führen. In den frühen Siebzigerjahren engagierte sich Argemí im bewaffneten Widerstand der Guerilla ERP und lebte im Untergrund. 1974 wurde er verhaftet und verbrachte unter Videlas Militärdiktatur zehn Jahre im Gefängnis. Nach seiner Freilassung arbeitete er als Redakteur in Buenos Aires, unter anderem für *Le monde diplomatique*. Später zog er nach Patagonien, wo auch sein erster Roman entstand, der 1996 veröffentlicht wurde. Vier Jahre später emigrierte Raúl Argemí nach Spanien. Seither schrieb er fünf weitere Romane, die mit zahlreichen Literaturpreisen ausgezeichnet wurden. Für seinen Roman *Chamäleon Cacho* erhielt Argemí den Premio Hammett und den Premio Luis Berenguer. 2005 wurde ihm der Premio de Narrativa Francisco García Pavón verliehen, 2006 erhielt er den Premio Tigre Juan und 2008 den Premio L'H Confidencial de novela negra. Raúl Argemí lebt in Barcelona.

Bibliografie

El gordo, el francés y el ráton Pérez (1996); *Los muertos siempre pierden los zapatos* (2002); *Penúltimo nombre de guerra* (2004; dt. *Chamäleon Cacho*, 2008); *Patagonia Chu Chu* (2005); *Siempre la misma música* (2006); *Retrato de familia con muerta* (2008).

Die Übersetzerin

Susanna Mende, geboren 1965, studierte Hispanistik, Kunstgeschichte und Germanistik an der Universität Hamburg. Nach dem Studium arbeitete sie als Kuratorin beim Medienkunstfestival Transmediale in Berlin. Sie übersetzt Erzählungen, Romane und Essays aus dem Spanischen und arbeitet als freie Kuratorin.

»Gut und Böse sind grundsätzlich austauschbar«

Antworten von Raúl Argemí

»Mein Umzug nach Barcelona schaffte Distanz zu Argentinien. Das war für mich sehr wichtig, um mich von einer Last zu befreien. Abstand hilft, wenn man Schlimmes erlebt hat. Dass ich allerdings so viel zu Papier bringe, hatte ich mir nicht erhofft. Das Glück meinte es gut mit mir.«

*

»Über meine Zeit in der Gefangenschaft spreche ich nicht gern, denn es ist nicht dasselbe, ob man als normaler Häftling oder als politischer Gefangener sitzt. Ich galt als Marxist und kam in die Todeszelle, weil ich als unbeugsam und nicht heilbar eingestuft wurde. Mein Hinrichtungsdatum stand bereits fest. In dieser Situation setzt du dich mit dir selbst auseinander, du beginnst, dich zu fragen, wer du bist, wer du warst. Ich glaube, diese Fragen finden sich in allen meinen Büchern wieder.«

*

»Fiktion oder Autobiografie? Ich glaube, es ist nicht möglich, von einem Ort zu schreiben, der nicht dein eigener ist. Man schreibt von etwas, das man sieht, hört, träumt oder sich vorstellt. Das alles sind die Bausteine, mit denen der Autor seine Geschichten konstruiert. Mich reizt die Fiktion, reine Erfahrungsbücher überlasse ich den andern. Fiktion ermöglicht eine ganz neue Perspektive, sie zeigt auf, was vielleicht noch nicht bewiesen ist, aber durchaus geschehen könnte. Das ist meine Ausgangslage. Wenn mich ein Thema nicht mehr loslässt, wenn die Seele der Geschichte gefunden ist, weiß ich plötzlich, wie ich die Geschichte erzählen muss. Ich beginne zu spielen, zu schreiben. Ich erstelle nie ein Konzept.«

»Auch bei *Chamäleon Cacho* gab es keinen Schreibplan, selbst wenn dies kaum zu glauben ist. Das Ende stand natürlich fest, jeder Roman braucht ein Ende. Doch das Genre des Noir ist trügerisch, denn es setzt den Fokus mehr auf das Warum als auf das Wer oder Was. Im Gegensatz zum Kriminalroman liegt die Verwirrung des Noir darin, dass die Struktur nicht zur Auflösung eines Rätsels führt, sondern vielmehr neue Fragen aufwirft. Borges unterschied zwischen dem Kriminalroman und dem Noir folgendermaßen: Im ersten steht das Chaos für die Verletzung der Ordnung; der Detektiv löst den Fall und stellt die Ordnung wieder her. Im Noir hingegen treffen der Detektiv und auch der Leser unter dem Chaos auf ein weiteres Chaos. Es gibt keine Antworten, nur noch mehr Fragen. Dadurch täuscht die Struktur des Noir den Leser, denn sie hält ihn fest, damit er sich Fragen stellt, und nicht, damit er Antworten findet.

Bei *Chamäleon Cacho* habe ich mich bewusst für einen kurzen Roman entschieden, um zu verhindern, dass der Leser das Buch aus der Hand legt oder nicht mehr fühlt, was da passiert. Der ›Faustschlag‹ dient letztlich dazu, den Leser zum Weiterdenken zu bewegen. Selbst ich denke noch viel über diesen Roman nach.«

*

»Ich berichte gern indirekt, aus der Peripherie, beispielsweise aus Patagonien, einer Region, die ihrerseits Unterdrückung erfahren hat. In *Chamäleon Cacho* erzähle ich zum Beispiel von einer Gruppe Mapuche, die ihre ganze Kultur verloren hat und seit Jahren am Rande steht. Aber auch diese Gruppe ist Teil des Ganzen. Aus der Peripherie zu schreiben, scheint mir erzählerisch sehr viel reicher. Es bietet mir mehr Spielraum, physisch wie existenziell, um meine Figuren zu beschreiben.«

*

»Den Roman *Chamäleon Cacho* aus der Sicht eines Täters und nicht aus der des Opfers zu schreiben, schien mir notwendig. Wenn man sich Folterer vorstellt, denkt man unweigerlich an Wesen einer anderen Spezies, an Psychopaten oder Außerirdische womöglich. Die Tatsache, dass sie wie wir sind, verschlimmert noch, was sie tun. Darum frage ich: Sind wir tatsächlich so anders als sie? Wir meinen, Engel, gut zu sein, doch wenn plötzlich ein Vater in einem Tobsuchtsanfall seinen Sohn erschlägt, wie weit ist er dann von diesen Folterern entfernt? Ich lasse diese Frage offen, denn noch habe ich keine Antwort darauf gefunden. Die Hölle ist viel näher, als wir meinen. Manchmal sollte jeder von uns sich in das hineinversetzen, was er niemals sein möchte. Der Noir hat mir ermöglicht, diese Figuren zu beschreiben, eine Art Negativspiegel zu schaffen, dreckig und schwarz, in den man einen Blick werfen und seine dunklen Seiten sehen kann.«

*

»Die Frage nach Gut und Böse ist eine moralische Frage, wie sie im Christentum und im Judentum häufig gestellt wird. Meiner Ansicht nach sind Gut und Böse grundsätzlich austauschbar: Es kommt immer auf die Sichtweise an. Die Personen des Romans führen uns ständig vor Augen, wie nah sich diese beiden Kategorien doch stehen. Manche Leser tendieren dazu, sich mit den guten, den schönen Charakteren zu identifizieren. Andere hingegen bevorzugen komplexere Gestalten, in die man sich weniger gut einfühlen kann und die uns dazu bringen, über Gut und Böse nachzudenken. Genau das möchte ich mit diesem Buch erreichen, ich möchte den Leser an den Punkt bringen, an dem diese Kategorien ineinander übergehen.«

*

»Literatur ist für mich ein Mittel, Geister und Obsessionen auszutreiben. Durch das Schreiben kann ich sie zwar nicht beherrschen, doch immerhin schaffe ich es, ihnen ins Auge zu schauen. Und ich vermute, auch dem Leser kann es so ergehen.«

Aus Interviews mit Raúl Argemí, geführt von Michele De Mieri, *L'Unità,* und Giulia Gadaleta, *TrackBack.*

metro–Spannungsliteratur im Unionsverlag

»Die *metro*-Bände gehören auf jeden Fall zum Besten, was derzeit an sogenannter Spannungsliteratur zu haben ist.« *Michaela Grom, Südwestrundfunk*

Raúl Argemí
Chamäleon Cacho

Bernardo Atxaga
Ein Mann allein

Lena Blaudez
Spiegelreflex; Farbfilter

Patrick Boman
Peabody geht fischen; Peabody geht in die Knie

Hannelore Cayre
Der Lumpenadvokat; Das Meisterstück

Driss Chraïbi
Inspektor Ali im Trinity College

Liza Cody
Gimme more

José Luis Correa
Drei Wochen im November; Tod im April

Pablo De Santis
Die Übersetzung; Die Fakultät; Voltaires Kalligraph; Die sechste Laterne

Garry Disher
Drachenmann; Hinter den Inseln; Flugrausch; Schnappschuss

Rubem Fonseca
Bufo & Spallanzani; Grenzenlose Gefühle, unvollendete Gedanken; Mord im August

Jorge Franco
Die Scherenfrau; Paraíso Travel

Jef Geeraerts
Der Generalstaatsanwalt; Coltmorde

Friedrich Glauser
Die Wachtmeister-Studer-Romane: Schlumpf Erwin Mord; Matto regiert; Der Chinese; Die Fieberkurve; Die Speiche; Der Tee der drei alten Damen

Joe Gores
Hammett

Jean-Claude Izzo
Die Marseille-Trilogie: Total Cheops; Chourmo; Solea

Stan Jones
Weißer Himmel, schwarzes Eis; Gefrorene Sonne; Schamanenpass

H. R. F. Keating
Inspector Ghote zerbricht ein Ei; Inspector Ghote geht nach Bollywood; Inspector Ghote hört auf sein Herz; Inspector Ghote reist 1. Klasse

Yasmina Khadra
Morituri; Doppelweiß; Herbst der Chimären

Thomas King
DreadfulWater kreuzt auf

Bill Moody
Solo Hand; Moulin Rouge, Las Vegas; Auf der Suche nach Chet Baker; Bird lives!

Christopher G. Moore
Haus der Geister; Nana Plaza; Stunde null in Phnom Penh

Bruno Morchio
Kalter Wind in Genua; Wölfe in Genua

Peter O'Donnell
Modesty Blaise – Die Klaue des Drachen; Die Goldfalle; Operation Säbelzahn; Der Xanadu-Talisman; Ein Hauch von Tod

Celil Oker
Schnee am Bosporus; Foul am Bosporus; Letzter Akt am Bosporus; Dunkle Geschäfte am Bosporus

Leonardo Padura
Adiós Hemingway; Das Havanna-Quartett: Ein perfektes Leben; Handel der Gefühle; Labyrinth der Masken; Das Meer der Illusionen

Pepetela
Jaime Bunda, Geheimagent

Claudia Piñeiro
Ganz die Deine

Roger L. Simon
Die Baumkrieger

Susan Slater
Die Geister von Tewa Pueblo

Clemens Stadlbauer
Quotenkiller

Paco Taibo II
Vier Hände

Masako Togawa
Schwestern der Nacht; Trübe Wasser in Tokio; Der Hauptschlüssel

Tran-Nhut
Das schwarze Pulver von Meister Hou

Gabriel Trujillo Muñoz
Tijuana Blues; Erinnerung an die Toten

Nury Vittachi
Der Fengshui-Detektiv; Der Fengshui-Detektiv und der Geistheiler; Der Fengshui-Detektiv und der Computertiger; Shanghai Dinner

Manfred Wieninger
Der Engel der letzten Stunde; Kalte Monde

Mehr über Bücher und Autoren des Unionsverlags auf
www.unionsverlag.com